Bernard GAUTIER

LIAISON SUR UN FIL

Les Presses du Midi

Du même auteur aux Éditions Les Presses du Midi :

« Résurgences Valettoises »

« À travers les années quarante »

Impression PDM

121 avenue d'Orient - 83100 Toulon
Tel. : 04 94 16 90 20 - Fax : 04 94 16 90 29
Dépôt légal mars 2002
ISBN : 2-87867-368-9

Dans ce roman, toute ressemblance avec des personnes vivantes ou ayant vécu y serait fortuite, pure coïncidence.

Chapitre I

— Que faites-vous dimanche ?

À l'autre bout du fil, j'ai lancé cette phrase un peu au hasard, avec une pointe d'audace, sans conviction mais pourtant avec l'espoir du succès. J'ai cinquante ans, je ne devrais plus connaître le trac, même si cette phrase s'adresse à une personne du beau sexe, toute jeune encore, à une centaine de kilomètres de mon bureau. Elle se prénomme Dora. La première fois que je l'ai aperçue, j'ai été frappé par sa beauté naturelle, j'ai été comme paralysé, figé, pétrifié.

Dora me répond simplement :

— Je reste chez moi, je ne sors presque jamais.

Silence. Puis le dialogue reprend :

— Mais ce n'est pas possible à votre âge, vous vous ennuyez certainement. Quand êtes-vous visible ?

— Je ne sors jamais sans mon mari !

— Comment, vous êtes mariée ? dis-je d'une voix lamentable.

— Oui, vous êtes déçu ?

« Bien, me dis-je, est-ce une avance, ou simple coquetterie ? »

Je lui confirme que cette réponse me déçoit terriblement et que j'espère bien la revoir bientôt pour lui parler en particulier. Elle veut être fixée tout de suite sur l'objet de cet entretien. Qu'ai-je à dire d'aussi personnel, qui ne puisse être dit séance tenante ? Je me récuse et déclare que je me déplacerai bientôt tout spécialement pour lui parler de vive voix.

Au cours de la conversation, j'ai cru comprendre que pour elle, le fait d'être mariée n'est pas un empêchement absolu pour que le dialogue se poursuive. Ne m'a-t-elle pas dit « Cela n'empêche rien » ? Je ne sais plus très bien. Quoi qu'il en soit, je suis très troublé, et lorsque la communication est interrompue, je reste sur une impression de néant.

Depuis, j'ai une idée fixe, je ne pense plus qu'à Dora. J'imagine que peut-être je pourrais la revoir, lui demander un rendez-vous, et même l'obtenir. Ce serait merveilleux. En tout cas, je n'y crois pas, je n'ose pas, tout cela me paraît être du domaine du rêve ou de l'utopie. Dora est une jeune mariée, il y a à peine quelques mois qu'elle a prononcé le « oui » sacramentel, qu'elle s'est unie pour la vie à son « seigneur et maître » pour le meilleur et pour le pire. Elle est fraîche et pure apparemment, ses yeux sont noirs et profonds, son regard est net et loyal. Sa silhouette élancée est élégante, ses jambes longues et fines lui donnent légèreté et noblesse. Le dessin des lignes en fait un personnage hors série. Mais ne suis-je pas un peu partial ? Dora a-t-elle vraiment toutes ces qualités physiques ou bien sont-elles simplement le fruit de mon imagination ? Peu importe, d'ailleurs, à mes yeux elle est ainsi. L'important n'est pas ce qui est mais ce que l'on croit et ce que l'on ressent et c'est tout cela qui est vrai.

Les circonstances, sa jeunesse, sa beauté, son mariage récent ne la prédisposent certainement pas à rencontrer un homme comme moi. Je ne présente certainement aucun intérêt pour elle d'aucun point de vue. D'ailleurs, je crois objectivement ne présenter aucun intérêt pour qui que ce soit, si ce n'est pour ma femme, peut-être, mais beaucoup moins pour mes enfants et encore moins pour mes frères et sœurs. Quant à mes parents ils sont morts depuis longtemps.

Comment ai-je rencontré Dora ? C'est très simple. Le patron me dit un jour :

— Olivier, il y a des problèmes à la succursale. Le nouveau chef de service est submergé, plusieurs agents sont en congé de maladie ou sur le point de l'être, il faut embaucher tout de suite deux ou trois jeunes femmes ayant une bonne présentation pour l'antenne d'accueil. Arrangez-moi ça très vite.

N'étant pas sur place, je donne immédiatement le feu vert au malheureux responsable local qui saute sans hésiter sur l'occasion qui lui est généreusement offerte de renforcer ses effectifs.

Nous sommes au milieu de l'hiver. Le mimosa qui est à sa fin inonde encore les bords de route et les coteaux. Quelque temps se passe sans que je ne m'occupe plus de rien. Puis, un beau jour, les nécessités du service m'appellent à la succursale.

Là, je prends connaissance de mon courrier et comme je suis curieux de nature et que cela entre naturellement dans mes attributions, je décide de faire la connaissance des nouvelles recrues.

Je me dirige vers les bureaux qui leur sont affectés. Je ne sais pas encore qui je vais trouver. Cependant, j'ai déjà entendu par téléphone la voix de Dora qui m'a passé diverses communications. Je ne connais pas encore son prénom, j'ignore tout, à part sa voix.

Lorsque j'arrive devant elle, je la trouve assise, elle me regarde simplement mais franchement. Elle porte une jupe très courte, ses jambes apparaissent dans toute leur splendeur, son buste est long et bien droit, moulé dans un élégant pull-over noir. Ses longs cheveux d'ébène tombent avec grâce sur ses épaules bien dessinées. Je me sens bouleversé par cette découverte, je crois rêver. Ai-je déjà vu une aussi jolie jeune fille ? J'ignore encore sa situation familiale. Dora me fait penser à un petit animal que l'on aimerait apprivoiser. Son allure générale est celle d'une joueuse de basket-ball, mais c'est une erreur. L'avenir dira qu'elle n'est pas particulièrement sportive, car elle est trop féminine pour cela. Un petit animal, oui peut-être, mais pas tellement par son aspect physique, c'est surtout son comportement psychique, son attitude et son apparente conception de la vie qui me conforteront dans cette comparaison du moment.

Il y a aussi cette coexistence de sentiments divers que je n'ai jamais tout à fait comprise chez elle (comme chez moi, d'ailleurs), mais sans doute n'y a-t-il rien à comprendre. Il y a la « réalité », comme le dira bientôt Dora, un point c'est tout.

Elle m'a également fait penser à l'une de ces belles créatures que l'on appelle « cover-girls », je le lui ai dit un jour, cela n'a pas paru lui plaire beaucoup. En vérité, ce n'était pas flatteur, elle est trop frêle pour cela. Son visage est celui d'une madone. C'est l'expression d'un photographe célèbre qui vit un jour son portrait à l'occasion d'un concours de photographies.

Dora me regarde, elle ne dit rien, il y a quelqu'un avec elle, je ne sais plus qui. Je me sens gêné. Comment expliquer mon intrusion? Alors, je me présente maladroitement :

— C'est moi qui ai donné l'autorisation pour votre embauche, j'espère que vous vous trouvez bien ici.

Notre conversation ne dure pas longtemps. Elle ne dit pas grand-chose, elle est correcte : sans doute n'en pense-t-elle pas moins. Elle observe, son œil est intelligent. Pour moi, elle n'est pas passée inaperçue. J'ai été très frappé par cette rencontre et mon cœur a battu un peu plus vite. Je ne puis dire, ou je ne sais pas encore, que j'aurai pour elle quelque sentiment plus profond. Je repars à cent kilomètres de là et, le lendemain, la vie routinière reprend.

Chapitre II

De temps en temps, Dora me passe une communication téléphonique provenant de la succursale. C'est l'occasion, pour nous, d'échanger parfois quelques mots ou simplement de se dire bonjour. Les « bonjour » qu'elle donne à l'autre bout du fil sont ronds, pleins, charnus et parfumés comme des fruits mûrs. Je n'en suis pas le seul destinataire, bien sûr. C'est une manière d'être… d'être aimable, gaie, enjouée, peut-être même une façon de « mettre les gens de son côté », suivant une expression qu'elle aura plus tard. Mais je fonds à l'écoute de ces « bonjour » émouvants. Nos communications téléphoniques se multiplient. Pourtant, chacun reste sur sa réserve. J'hésite à appeler la succursale sans avoir un motif bien défini. J'ai quelques scrupules, elle-même demeure encore prudente.

Pourtant ces appels nous permettent de faire plus ample connaissance. Ils nous donnent en tout cas à chacun davantage d'assurance et chaque fois ils prennent un tour plus personnel, voire un peu plus audacieux. Maintenant, quand je perçois sa voix, je n'hésite plus à relancer le dialogue.

— Vous allez bien ?

— Le moral est bon ?

— Quel temps fait-il là-bas ?

Nos entretiens demeurent encore sur un plan assez impersonnel. Elle assure un service extrêmement pénible. Les demandes de communications, tant de l'intérieur que de l'extérieur, pleuvent littéralement sur le malheureux standard vétuste et défectueux. Il faut voir la virtuosité, la maestria, la constance et la patience de Dora face à d'innombrables sollicitations, toutes plus exigeantes les unes que les autres, mais pas forcément justifiées pour autant. Elle est jeune, elle est nouvelle, et naturellement personne ne veut la remplacer. D'ailleurs, elle ne demande rien, elle a trop de fierté pour cela. Elle est obligée de travailler pour gagner sa vie. Les gains de son mari ne sont pas encore assez sûrs pour faire vivre le ménage. Issue d'une famille de modestes travailleurs, le travail pour elle est un mal nécessaire, il faut gagner sa vie, cela ne se discute pas. Ici, le service qui lui est imposé est particulièrement pénible. Celles qui l'ont précédée à ce poste le savent bien et, à tour de rôle, elles ont trouvé, après un certain temps, un moyen ou un motif de se sortir de là. La plupart ont été exemptées de cette fonction pour raison de santé.

Dora, elle, tiendra tant qu'elle pourra, parce qu'elle est résistante et courageuse. Parce que sa plus tendre jeunesse n'a pas été toute rose, elle sait ce qu'est la souffrance et, peut-être à cause de cela justement, elle est moins vulnérable et souffre moins qu'une autre, toutes choses égales par ailleurs.

La direction, quant à elle, ne se soucie de rien. Elle est lourde et lente à se mouvoir, tel un animal préhistorique. Comme d'ailleurs toute administration digne de ce nom. « Tant que ça dure, ne changeons rien, si ça casse, il sera toujours temps d'intervenir » : telle est sa devise, à quelque chose près. Les problèmes humains ne sont malheureusement pas encore suffisamment pris en compte par les différents responsables de l'établissement à quelque niveau qu'ils soient placés. Les aspects de rentabilité immédiate retiennent bien davantage leur attention. Mais peut-être ne savent-ils pas que les mesures propres à favoriser la rentabilité à moyen ou long terme dans une optique de sauvegarde de la condition sociale sont en définitive beaucoup plus payantes à tous égards. Mais là, alors, il faut prévoir et même « programmer ». C'est ici que naît la difficulté, c'est là qu'intervient le manque de volonté, le défaut d'enthousiasme et de conviction désintéressée pour la plupart des administrateurs, surtout quand leurs compétences respectives sont floues et mal définies.

Dora est là et bien là avec son courage, sa force de résistance et sa passivité non résignée. Avec son acceptation digne et volontaire des conditions de travail qui lui sont imposées. Un jour, frappé par cette situation (est-ce parce que j'avais déjà pour elle un petit penchant affectueux ou bien est-ce simplement mon sens inné de la justice sociale ?), je lui dis, au cours de l'une de nos communications, très certainement avec une voix fraternelle et affectueuse :

— Le service n'est-il pas trop dur pour vous, n'êtes-vous pas fatiguée ?

Elle répond :

— Mais non, je vais très bien, tout se passe parfaitement, d'ici trois semaines j'attends une de mes collègues qui pourra peut-être me remplacer un peu, après son congé de maladie.

Pauvre Dora ! Elle est toujours contente. Qu'elle ne se fasse pas trop d'illusions, personne ne la remplacera tant soit peu. Exception faite d'une brave femme peu appréciée de ses chefs, qui lui viendra en aide à plusieurs reprises. Mes paroles, cependant, ont dû lui aller droit au cœur. Pour la première fois, j'ai franchi le seuil de l'entretien neutre et impersonnel. C'est ici, à mon avis que se situe le véritable point de départ des liens qui vont s'établir entre Dora et moi. Elle n'est sans doute pas habituée à une telle sollicitude, surtout de la part d'un patron.

Dora est d'origine italienne. Née à Coni où elle a conservé de nombreux cousins, ses parents ont émigré en France. Là, ils ont eu la chance de trouver du travail en tant qu'ouvriers agricoles dans un grand domaine rural des Alpes de Haute-Provence. Ce qui leur a permis d'élever très honorablement six enfants, trois filles et trois garçons, Dora étant la cadette.

Au sein de ce foyer la rigueur et le travail sont à l'ordre du jour et malgré la gaieté naturelle de toute cette jeunesse, l'ambiance y est assez austère.

Après avoir effectué d'assez bonnes études dans le cycle primaire, Dora n'a pas tardé à convoler en justes noces. Elle pouvait espérer trouver auprès de son mari une vie nouvelle plus joyeuse, plus tendre et apaisante. Malheureusement, les tensions qui prennent le pas dans son foyer lui apparaissent parfois comme assez angoissantes. Dora se demande si en se mettant la corde au cou elle n'a pas fait la première et la plus grosse bêtise de sa vie.

Depuis notre dernière communication téléphonique, nos entretiens suivants se personnalisent un peu plus chaque fois ; ils se trouvent émaillés, de ma part du moins, de phrases comme :

— Tiens c'est vous, j'avais justement envie de vous parler ou d'entendre votre voix.

— J'espère que vous ne tarderez pas trop à me rappeler.

Nous échangeons nos prénoms comme une confidence. Tiens, Dora c'est joli, cela sonne bien. Olivier, c'est aussi, à son avis, une belle appellation.

J'ai pris l'habitude, à la fin de chaque semaine, de venir passer quelques heures à la succursale, lorsque je reviens à mon domicile. À la direction, je vis en transit, à l'hôtel la plupart du temps.

Un certain vendredi, je n'ai pu quitter mon service, mes obligations me retenant sur place. Je l'avais dit à Dora au cours d'un entretien téléphonique antérieur. Nos rapports étaient toujours impersonnels et nous ne nous appelions pas mutuellement sans un motif de service tout à fait valable.

Pourtant, ce vendredi soir, la standardiste du siège social me dit :

— Monsieur Olivier, on vous demande de la succursale, c'est personnel.

— Allô, c'est Dora, vous ne venez pas aujourd'hui ?

— Allô oui, non je suis retenu ici par mon travail, je ne viendrai pas avant la semaine prochaine, mais qu'y-a-t-il ? Avez-vous une communication à me passer ? dis-je timidement.

Mon cœur se met à battre à toute allure, Dora reprend :

— Il n'y a rien, je voulais simplement entendre votre voix, vous dire bonsoir et bon week-end. Je m'étais promis de vous appeler parce que j'en avais très envie, excusez-moi, à la semaine prochaine.

Je n'en crois pas mes oreilles, je crois rêver, mais je suis heureux comme un prince, je fonds littéralement.

Je la remercie, je lui dis que cette attention me paraît très gentille et me touche beaucoup. Notre conversation ne dure pas longtemps, je demeure troublé et, de plus, j'ai toujours scrupule à me servir d'une ligne téléphonique à des fins personnelles lorsque je n'ai pas moi-même payé la communication. Ce principe est bien enraciné dans mon esprit. C'est une affaire d'éducation, mais si l'on pousse un peu le raisonnement, n'est-ce pas ridicule ? Dora, elle, ne doit pas se poser la question. C'est la première fois qu'elle appelle de sa propre initiative et pour son compte personnel, et c'est cela qui donne à réfléchir. Qu'est-ce que cela veut dire ?

Dora serait-elle sensible à ma sollicitude et à mes paroles, ou bien a-t-elle assez d'audace pour jouer un jeu dont je perçois mal la raison. Instinctivement, je ne puis croire à cette seconde hypothèse. Pour moi, sa voix est douce, fraîche et convaincante. Elle exprime la sincérité la plus totale. Pour qu'elle m'ait appelé ce soir, il faut que je commence à représenter pour elle quelque chose qui lui tient à cœur, mais ce n'est sans doute qu'un sentiment très ténu parmi d'autres, me dis-je modestement.

La semaine suivante, je suis tenu de passer à la succursale. J'en profite pour aller voir Dora. Malheureusement elle n'est pas seule, une autre jeune femme paraît en grande conversation avec elle. C'est la première fois que je la vois debout. Je lui dis bonsoir ainsi qu'à la personne qui l'accompagne et je m'entends prononcer cette phrase peut-être ridicule d'une voix un peu tremblotante :

— Mais, vous êtes grande !

Pour moi, c'est le cri du cœur et cette constatation me remplit de joie. Non seulement elle est jolie quand elle est assise, mais elle se permet en plus d'être belle et racée quand elle se tient sur ses jambes. Je n'ai pourtant pas une préférence marquée pour les grandes femmes par rapport aux petites, mais la taille de Dora est à mes yeux un charme supplémentaire que je lui attribue sans réserve.

Pourtant, ce soir-là, l'atmosphère du petit bureau me semble lourde et chargée d'inquiétude. Dora est debout près de la fenêtre, elle est toute pâle, ses traits sont un peu tirés, elle paraît sombre et fatiguée. Mon entrée dans le bureau doit avoir gêné l'entretien des deux jeunes femmes qui s'arrêtent de parler. Je pense que la journée a dû être particulièrement rude, ce qui expliquerait l'apparente fatigue de cette pauvre Dora. Je me sens en tout cas tout de suite démonté et gêné à mon tour. Car, étant orgueilleux de nature, éclatant d'amour-propre et bourré de complexes, il me faut des circonstances tout à fait favorables pour me sentir pleinement à mon aise, et à plus forte raison, si l'ambiance est tant soit peu tendue ou brouillée. Je n'ai qu'une envie, c'est de m'en aller, surtout si ma présence à cet endroit peut paraître insolite. C'est justement le cas, ce soir-là, dans le petit bureau de Dora. Aussi je ne tarde pas à fuir et cette décision me rend maussade et de mauvaise humeur, car je n'ai fait que l'apercevoir avec sa petite mine et paraissant aux prises avec un problème. Je ne sais pas encore que j'aurai peut-être un jour l'explication de ce rébus. Je reste insatisfait, je n'ai pu lui parler comme je l'avais espéré et je repars tel un pèlerin vers d'autres cieux. Car, depuis que je suis au siège social, je passe une bonne partie de mon temps en déplacements incessants. Cette situation n'est pas faite pour l'équilibre mental ou psychique d'un homme quel qu'il soit, même de bonne trempe. À force de se déplacer d'un point à un autre, on finit par ne jamais se trouver au bon endroit, au bon moment. C'est perturbant et traumatisant.

Après cette entrevue ratée, je me promets bien de me rattraper la prochaine fois et de revoir Dora le plus tôt possible. Dans la semaine qui suit, nos communications téléphoniques reprennent timidement mais inexorablement. La pensée d'un rendez-vous avec elle ne me quitte plus, cette idée me paraît folle, impossible, pourtant elle occupe toute la place dans mon esprit. Chaque fois que j'entends sa voix, mon cœur se met à battre d'une façon anarchique, sauvagement. Alors un jour, je lance à tout hasard le dialogue déterminant que l'on connaît et qui devait par la suite nous jeter dans les bras l'un de l'autre :

— Que faites-vous dimanche ?

— Je ne sors jamais sans mon mari !

— Comment, vous êtes mariée ?

— Vous êtes déçu ?

— Je voudrais vous parler…

— Eh bien ! parlez-moi !

— Ce que j'ai à vous dire est très personnel.

— Dites-le tout de suite, le téléphone n'est-il pas un moyen très pratique de s'exprimer pour les timides? Combien de gens s'en servent à cette fin?

J'indique à Dora que je veux lui parler face à face et que je le ferai lors de ma prochaine visite à la succursale, ce à quoi elle acquiesce immédiatement.

Chapitre III

Dès mon arrivée à la succursale quelques jours après, je bondis sur un poste téléphonique intérieur. Entre-temps, il y avait eu un long intermède d'hésitations et de tâtonnements. Je commence à lui demander de ses nouvelles le plus gentiment possible et, comme je n'ai pas le courage de mes opinions - en vérité je me sens très gêné vis-à-vis d'elle par ces sentiments nouveaux qui m'assaillent et rendent ma respiration plus difficile -, je trouve un prétexte pour lui parler et je lui demande deux ou trois communications que j'invente pour les besoins de la cause. Ma timidité est telle et la force qui me tire vers elle si tenace qu'il me faut absolument un alibi pour justifier mon attitude. Lorsque mes conversations officielles se terminent, je reprends notre dialogue, mais je n'aborde toujours aucun sujet précis.

Alors que je ne m'y attends pas du tout, elle me facilite les choses en prenant l'initiative :

— N'aviez-vous pas quelque chose à me dire ?

Je me trouve au pied du mur, pris au piège, je vais devoir lui dire ce que je désirais tant lui déclarer. De quoi me plaindrais-je, c'est une aubaine, encore une fois Dora balaie mes réticences.

Pourtant sa question me bouscule, je réponds :

— Oui, mais ce n'était rien, très peu de chose, au fond c'était une idée sotte.

Elle insiste :

— Pourtant, vous m'aviez bien dit que vous viendriez me voir pour me dire quelque chose d'important.

Je me sens pâlir, mon cœur bat de plus en plus fort :

— Oui, j'avais quelque chose à vous dire, mais c'était impensable, je ne veux pas le dire par téléphone, je vais aller vous voir et je vous le dirai en face.

— Je vous attends, me dit-elle.

Oui, je ne sais pourquoi, je sens naître en moi un courage nouveau, une force intérieure qui me guide fermement. Lorsque je me trouve en prise directe avec une réelle difficulté, je me sens tout à coup plein de dynamisme et habité par une volonté fataliste mais extrêmement solide. C'est un phénomène curieux qui se produit assez souvent chez le timide. Face au danger, faire front courageusement au risque de se condamner, c'est ce que je fis brusquement en décidant d'aller voir Dora et de lui déclarer ma flamme. Il faut avouer pourtant que le danger immédiat n'était en la circonstance, pas bien grand.

Oui, le timide est capable du meilleur comme du pire. L'idée d'affronter une difficulté à visage découvert peut lui donner tous les courages, sans pour autant que le succès soit assuré, bien au contraire. La confrontation avec le réel peut être pour lui un échec, car si cet apparent courage lui donne une opiniâtre volonté d'aller audevant de l'épreuve, il ne supprime pas pour autant, chez lui, ni les complexes, ni les maladresses et les insuffisances dont il est pétri.

Pour l'instant, je refuse de parler à Dora dans la sécurité de mon bureau, à l'abri de la distance. Je veux aller au-devant d'elle pour lui parler, bien que je ne sois pas du tout sûr de moi.

Je frappe à sa porte, elle est seule, le moment est opportun. Je m'assieds sans y être invité, elle me regarde en silence.

J'engage le dialogue :

— Je voulais vous dire quelque chose, c'est exact, mais cela paraît idiot, c'est ridicule, je renonce à vous le dire.

Je ne l'appelle pas par son prénom. La timidité me l'interdit, c'est contraire à ma nature. L'emploi des prénoms implique une chaleur naturelle et spontanée que je ne possède pas.

Elle me regarde intensément et je sens qu'elle m'invite à me livrer davantage, d'ailleurs elle ne s'avouera jamais vaincue et si elle veut que je parle, elle y parviendra :

— Vous ne savez pas bien ce que vous voulez, me dit-elle, je suis déçue, vous m'aviez annoncé que vous aviez à me parler et maintenant vous vous taisez.

Nous nous jouons à tous les deux une petite comédie. Moi, je brûle d'envie de parler et elle qui, très probablement, se doute un peu de ce que je n'ose dire sans en être sûre, veut être fixée au plus tôt.

Je me décide enfin :

— Voilà, quand je vous ai vue pour la première fois, j'ai eu le coup de foudre et depuis ce moment je pense à vous sans arrêt…

J'hésite, je cale quelques secondes, je me sens mal à l'aise. « Que va-t-elle penser », me dis-je. Et j'ajoute :

— …Enfin, vous me plaisez bien.

La formule n'est pas heureuse, mais elle est assez claire pour la minute.

Dora me regarde de ses grands yeux profonds, elle pâlit légèrement, ses traits sont un peu tirés. Je remarque pour la première fois un léger cerne bleuté autour de ses yeux. Elle tient cela de sa grand-mère, m'apprendra-t-elle plus tard, mais peut-être y a-t-il une autre raison.

J'ai lancé cette phrase comme une bouteille à la mer, je n'imagine pas du tout qu'elle puisse me tomber dans les bras. Pourtant, elle me répond très simplement :

— Je voulais justement vous dire que vous aussi, vous m'êtes très sympathique, vous êtes gentil avec moi, je ne sais pourquoi mais je me sens en confiance avec vous… oui j'ai confiance en vous.

J'avais brûlé mes vaisseaux sans trop y croire, j'avais déclaré ma flamme à Dora timidement, selon mon caractère, sans trop d'assurance. J'avais décidé de le faire suivant le processus bien connu des timides indécis et je ne m'attendais pas à ce que je venais d'entendre, même si je l'avais souhaité.

Sa réponse me comble de joie et de bonheur, cette confiance qu'elle déclare avoir en moi, se présente à mes yeux comme une promesse d'amour.

Je m'étonne pourtant et je lui demande si son état de jeune mariée ne la comble pas déjà, s'il se pourrait qu'elle ne fût pas tout à fait heureuse en ménage. Ce dont je me doute un peu, car elle m'a déjà parlé de ce problème il y a quelques jours. Je fus assez surpris d'apprendre à cette occasion qu'elle n'est pas seule dans ce cas. Combien de jeunes filles se marient pour sortir de leur famille et conquérir une hypothétique liberté, combien le regrettent amèrement quelques semaines plus tard. Je me rappelle avoir instauré un jour un libre débat sur ce sujet dans ma propre famille, avec ma femme et mes enfants, mes filles en particulier. Certains jours, l'ONU n'est rien en comparaison des joutes oratoires qui résonnent entre les murs de mon foyer.

Dora en tout cas s'explique simplement et modestement.

Voici la situation. Elle n'est pas heureuse, son mari l'aime, certainement, il en est même très amoureux et ne peut se passer d'elle. Malheureusement, il est d'une jalousie maladive, il est jaloux de tout et de rien, de tout le monde, des parents, des amis et de toute personne susceptible de poser les yeux sur sa femme. Il n'en est pas responsable, on le comprend.

Il est espagnol de père et mère, né à Murcia, il s'appelle Miguel. Comme la plupart des latins, il a le sang chaud, il est vif et sentimental, il s'attendrit facilement, au besoin même il verse une larme lorsque l'émotion l'étreint. Miguel est de taille moyenne, nerveux et musclé, assez bien baraqué dans l'ensemble. Ouvrier chauffagiste, il est courageux au travail, prêt à tous les sacrifices pour son épouse chérie.

Miguel a somme toute à son actif de nombreuses et grandes qualités fondamentales. Seulement, il est jaloux, horriblement jaloux. Il ne peut supporter les parents de Dora, l'affection qu'elle leur porte et, cela, elle à son tour ne peut le supporter.

Cette jalousie maladive ronge Miguel, il a lui-même conscience de l'inanité de ce sentiment qui le tenaille et dont il ne peut se débarrasser même avec les meilleures intentions. Aussi il est constamment aux aguets, inquiet et soupçonneux. Il ne peut s'empêcher de poser à Dora toutes sortes de questions :

« Où es-tu allée ? »

« Qu'as-tu fait ? »

« À quel endroit ? »

« Avec qui étais-tu ? »

« À quelle heure es-tu partie ? »

« À quelle heure es-tu rentrée ? »

« Et entre-temps, qu'as-tu fait ? Qui as-tu vu ? À qui as-tu parlé ? Était ce un homme ou une femme ? », etc.

Les questions fusent, il n'attend même pas les réponses qui, à son gré, arrivent trop lentement ou ne sont pas assez explicites. Elle essaie d'être aussi claire, aussi complète que possible dans ses réponses, mais lui ne la croit pas, il pense qu'elle cherche à gagner du temps, à l'embrouiller exprès. Alors, il s'énerve, il enrage, il devient provocant, violent, il éclate, il accuse même, car il souffre.

Cet homme, au fond, ne parvient pas à être heureux, à aimer et se faire aimer d'une gentille et jolie femme qui, nécessairement, risque de se lasser de lui en raison d'une telle jalousie.

Je ne me suis jamais bien expliqué ce sentiment de révolte des femmes à l'égard de la jalousie masculine. Cette dernière ne pourrait-elle être considérée comme un hommage et, avec un peu d'habileté et de patience, la femme ne pourrait-elle pas tout tenter pour tranquilliser le malade et le guérir si sa conscience est tout à fait en repos et son amour suffisant.

Mais voilà, la difficulté, c'est que la jalousie rend méchant et maladroit et les mots ont vite fait de dépasser la pensée. Les paroles acerbes, aigres-douces, voire infamantes prennent vite le pas sur la conversation normale et ainsi, d'escalade en escalade, on en arrive très vite aux phrases définitives, aux pseudo-ruptures, aux ruptures manquées à répétition, à une atmosphère irrespirable et empoisonnée dans le ménage.

Le cas inverse de la femme jalouse est aussi très répandu, mais les femmes sont en général plus habiles, plus subtiles, parfois plus rusées. Elles savent mieux attendre, observer et se réserver pour éviter le pire par maladresse.

Dora explique sa réponse :

— Vous voyez, je ne suis pas très heureuse en ce moment, je me dispute sans arrêt avec mon mari. À la maison, ce ne sont que discussions. Je ne voyais pas le mariage de cette façon. Je suis pourtant restée fiancée pas mal de temps. J'ai voulu sortir de chez moi pour échapper à l'emprise familiale. Si c'était à refaire, j'y réfléchirais plutôt deux fois qu'une. Vous me trouvez dans un état dépressif, en plein désarroi, voilà pourquoi je suis sensible à votre gentillesse, voilà pourquoi je me tourne vers vous.

Chapitre IV

La situation est maintenant un peu plus claire entre Dora et moi. Nous savons ouvertement, parce que nous nous le sommes dit, que nous avons un penchant l'un pour l'autre. Pourtant, elle n'est encore qu'une inconnue pour moi, un point d'interrogation. Je sais qu'elle n'est pas indifférente à mon égard, mais jusqu'où cela va-t-il ? Je rêve toujours et encore plus d'un rendez-vous avec elle. La question est toutefois bien loin d'être résolue.

Ce n'est pas parce qu'on a eu quelques conversations amicales avec une femme qu'elle va nécessairement vous tomber dans les bras. Je me doute bien que tout le monde ne sera pas de cet avis. Certains hommes prétendront qu'avec eux l'affaire n'aurait pas traîné aussi longtemps et que, depuis belle lurette, ils seraient parvenus à leurs fins. À ceux-là, je leur laisse leur entière liberté de parole, leur entière liberté de manœuvre et de pensée. Certaines femmes prétendront au contraire, hypocritement peut-être, qu'à partir du moment où l'une d'entre elles a consenti à dépasser un certain seuil d'intimité avec un homme, même en paroles, le reste suivra et qu'il n'y a pas lieu de se cacher derrière son petit doigt. Pour ces femmes-là, il y a une limite de bienséance à ne pas dépasser faute de quoi on risque beaucoup. C'est une question de principes. Peut-être ont-elles en partie raison.

Quant à moi, Olivier, aux prises avec la réalité, je reste dans l'expectative et dans le doute, dans l'attente la plus douce et la plus redoutable. Je ne sais pas encore ce que Dora m'accordera, je doute de tout, je doute des femmes et je doute de moi. C'est ce manque d'assurance qui fera ma force auprès de Dora, elle me l'avouera par la suite.

Notre conversation décisive n'a duré que quelques instants et ensuite, je suis parti comme toujours vers mon travail. Je suis absent toute la semaine et, par conséquent, la géographie me désavantage. Je ne suis pas constamment auprès d'elle et le seul moyen de nous joindre c'est le téléphone. Tout bien réfléchi, je me demande si l'éloignement est pour moi, à l'égard de Dora, un atout ou un handicap. Apparemment, c'est un handicap, car je me trouve à tout moment moins bien placé que tous ceux qui ont la possibilité de la voir, de lui parler ou de la côtoyer depuis son arrivée à la succursale. Et pourtant, à la réflexion, cet éloignement ne me confère-t-il pas une sorte d'auréole ou d'aura favorable, un effet de contraste avantageux et déterminant ?

Toujours est-il que je suis loin, il n'y a qu'en fin de semaine que je puis voir Dora et l'approcher dans son petit bureau. Lui parler d'un poste téléphonique intérieur à peu près librement, de longs, de très longs moments, toujours trop courts à mon gré.

Depuis notre déclaration mutuelle, je lui fais ouvertement la cour, chaque fois que nous pouvons nous joindre. Ma voix, quand je lui parle au téléphone, est d'une douceur et d'une tendresse que je n'arrive pas à cacher, même lorsque je lui demande une communication officielle pour le service, ce qui devient de plus en plus rare. Certains de mes collègues n'ont pas manqué de noter le ton suave, la bonté et la bienveillance avec lesquels je lui parle. Sa voix à elle est de plus en plus douce et ensorcelante à mon égard. Lorsque je l'entends, mon cœur fond littéralement.

Je souffre cependant de notre éloignement, nos communications téléphoniques sont souvent hachées, interrompues ou coupées par les nécessités du service, parce qu'elle est d'une conscience professionnelle à toute épreuve. Elle tient à sa place, elle ne veut pas prêter à la critique. Pour rien au monde elle n'arriverait en retard ou ne partirait avant l'heure. Elle veut donner entièrement satisfaction et moi, je dois attendre, au bout du fil, qu'elle ait passé les communications demandées. Elle me dit gentiment :

— Attendez, je vous reprends tout de suite.

J'attends sagement que sa douce voix tinte de nouveau à mes oreilles.

Il m'arrive de me plaindre auprès d'elle de cet inconfort de nos relations. Je lui ai déjà parlé de mon désir de la voir plus souvent, de lui parler plus longuement, voire de la possibilité de nous rencontrer à l'extérieur.

Dora est une femme pratique, elle voit comme moi toutes ces difficultés qui commencent à s'amonceler sur notre route. Elle estime que notre éloignement géographique est un gros handicap pour nous et que cela rend nos relations sentimentales très difficiles, impossibles même. Elle pense qu'au rythme d'aussi petites doses, nous n'arriverons pas à mieux nous connaître, nous ne parviendrons pas à nouer des relations plus personnelles. Je me demande parfois si elle est vraiment sincère quand elle prétend cela ou bien si ce n'est pas tout simplement un moyen détourné pour m'inciter à venir la voir plus souvent. Elle me dit un jour :

— C'est dommage que vous soyez aussi loin. Si vous étiez tout le temps ici, ce serait plus facile, nous pourrions nous parler plus souvent et peut-être nous voir aussi plus facilement.

Cette phrase me fait mal et me fait plaisir tout à la fois. Je la prends pour un reproche, mais aussi pour un espoir qu'elle me donne.

Nos entretiens téléphoniques deviennent de plus en plus intimes. J'ai maintenant franchi, moi aussi, un certain seuil de relations, j'ai dit à Dora :

— Je vous aime.

Elle m'a répondu :

— Moi aussi.

Lorsque je viens à la succursale, de plus en plus souvent, je me déplace de mon bureau vers le sien pour la voir et lui parler. Je tombe en extase chaque fois que je suis devant elle, je ne puis m'empêcher de la regarder, d'une manière sans doute très caractéristique et très peu discrète, car tout le monde le remarque. Sa meilleure amie et certaines de ses collègues lui ont déjà dit :

— Tu ne trouves pas qu'il te regarde d'une drôle de manière ?

J'ai beau faire attention, je ne puis détourner mon regard de son visage aux lignes pures.

Dora vient aussi me voir dans mon service, mais c'est beaucoup plus rare. Pour la décider, il faut que je parlemente. J'y arrive pourtant quelquefois. Elle me dit par téléphone :

— Patientez quelques minutes, c'est promis, je vais venir vous voir, mais je ne resterai pas longtemps, promettez-moi de ne pas me retenir, tout le monde va me voir passer.

Elle est un peu inquiète, mais très peu. Dora n'est pas timide, il en faudrait beaucoup pour l'empêcher de faire ce qu'elle a décidé. De son bureau au mien, il y a un long couloir à traverser, un long parcours d'une cinquantaine de mètres et il faut, pour venir à moi, passer devant une série de pièces aux portes souvent ouvertes.

Or Dora, quand elle passe, ne passe pas inaperçue ; sa taille élancée lui donne une allure féline, son visage de madone encadré de ses longs cheveux de jais se voit au passage à travers un certain nombre de portes vitrées.

Au bout d'un long moment qui me paraît éternel, Dora apparaît à ma porte. Elle entre, me dit un bonjour souriant et juteux comme une orange bien mûre. Ses yeux rient, elle se plante devant moi et me regarde gentiment. Je suis au comble de la joie et déjà je commence à souffrir, car elle me dit :

— Je ne resterai pas longtemps, je viens vous voir comme je vous l'ai promis.

— Dora, lui dis-je, vous m'avez promis aussi que nous pourrions nous voir à l'extérieur en dehors des heures de travail.

Elle me paraît d'une franchise et d'une honnêteté à toute épreuve, à mon égard du moins. Elle me répond :

— Puisque je m'y suis engagée envers vous, je tiendrai parole, je ne sais ni où, ni quand, mais je vous le promets.

À ce moment, elle paraît extrêmement troublée, elle ajoute :

— Je me suis mise dans une drôle de situation, c'est affolant, je me demande comment j'en suis arrivée là, mais je ne désire pas reculer.

Personnellement, je ne saisis pas pleinement la raison de son trouble et je ne perçois pas parfaitement le sens de la réflexion. Je comprends bien que Dora soit quelque peu gênée ou embarrassée alors qu'elle est en train de me dire qu'elle m'accordera un rendez-vous, mais autre chose certainement la tracasse ou la perturbe assez profondément.

Je prends la main de Dora et je la porte à mes lèvres, je l'effleure tendrement. Pour moi, ce geste est un grand pas en avant, il prend toute une signification symbolique, il exprime tout mon amour naissant. Elle reprend sa main et retourne à son travail, comme elle était venue. À son passage, on lui murmure une parole aimable. Certains même cherchent à l'intercepter. Elle est pressée de retrouver son standard où les communications se bousculent et les réclamations de divers correspondants commencent à affluer.

Chapitre V

Depuis le premier jour, le temps a passé, quelques semaines se sont écoulées, et le printemps est déjà là. Les arbres sont en fleurs, les cerisiers sont blancs, les mimosas ne sont plus guère fleuris, mais bientôt les genêts les remplaceront. Enfin les jardins potagers verdissent, les petits pois grandissent et les moineaux ne paraissent pas du tout effarouchés ni par les épouvantails ni par les fils de couleur tendus ou les boîtes de conserve suspendues à leur intention par les jardiniers consciencieux ou inquiets.

Les pluies de printemps ont été abondantes et la campagne en est restée toute rafraîchie, mais pas pour longtemps, parce que les rayons du soleil pompent déjà le sol de toute leur ardeur et flattent agréablement les épidermes tiédis qui ne demandent qu'à brunir.

Il ne se passe plus un jour, maintenant, sans que nous communiquions par téléphone.

Certains jours, même, nos entretiens sont multiples. Tous les prétextes sont bons pour nous parler. Lorsque je demande une communication officielle, je tombe sur elle d'abord, nous parlons un moment, ensuite elle me passe mes correspondants et après, par un système de blocage du réseau, elle me reprend sur la ligne et nous reparlons aussi longtemps que possible. Mes complexes et préjugés à cet égard existent toujours, mais avec le temps ils iront en s'émoussant…

Lorsque c'est elle qui m'appelle pour un motif de service, c'est le même système, elle bloque le réseau et lorsque l'entretien avec mon correspondant est terminé, elle me repêche et me reprend pour m'avoir à elle un court moment. Nos voix respectives sont alors pleines d'émotion et de douceur. Lorsque la ligne se brouille tant soit peu ou faiblit, j'ai peur de la perdre, j'ai la sensation de tomber dans un gouffre profond, de manquer d'air et de m'asphyxier. Alors, je crie « Allô ! Allô ! » avec l'espoir de la reprendre aussi à mon tour. Elle est toujours au bout du fil, constante, imperturbable et me répond toujours :

— Oui, je suis là.

Je me sens rassuré jusqu'à l'émotion suivante et ainsi de suite.

On prétend que les femmes sont inconstantes, irrégulières, inexactes. Avec Dora c'est tout le contraire, elle est toujours calme, exacte, présente à l'heure dite, fidèle à la parole donnée.

Parfois, il me vient dans la journée, surtout si je ne l'ai pas entendue depuis la veille, une violente envie d'avoir de ses nouvelles, de lui parler. Mais je n'ai pas toujours de motif valable pour l'appeler de mon bureau où je ne me sens pas pleinement à mon aise. Je crains d'user de cette ligne administrative qui ne m'appartient pas, je crains que notre communication intime soit interceptée, etc. Alors je bondis hors de mon bureau et je cours à la poste qui ne se trouve qu'à deux minutes en marchant vite. Là, je demande mon numéro moi-même, ce n'est pas toujours facile. Je me sens chez moi dans la cabine téléphonique où nous pouvons donner libre cours à nos entretiens sentimentaux une demi-heure durant et parfois davantage, si nous n'avons pas d'empêchement majeur l'un ou l'autre. Pour moi quelques instants de bonheur n'ont pas de prix et c'est bien normal. Qui oserait penser le contraire ?

Nos conversations prennent de l'ampleur parce que Dora aime se confier à moi, elle me donne beaucoup de détails sur sa vie quotidienne, sur ses allées et venues, ses sorties, ses relations familiales ou amicales, sur ses états d'âme, l'ambiance de son ménage, l'humeur de son mari, et tant d'autres choses.

Un jour elle me raconte :

— Mon mari va me sortir, nous irons demain au restaurant, puis au théâtre.

— En quel honneur ? dis-je.

— Parce que c'est mon anniversaire.

— Quel âge avez-vous ?

— Je vais avoir vingt ans.

Je viens d'avoir ainsi la révélation de l'âge de Dora que je savais très jeune, mais la confirmation par elle-même de ses vingt ans me laisse quelque peu rêveur.

L'un de mes collègues très intime, entre dans mon bureau sans frapper, il sait fort bien pourtant que j'ai Dora au bout du fil. À la fin de notre entretien, il m'entend dire :

— Au revoir, à bientôt, je vous souhaite un bon anniversaire.

Mon collègue me regarde avec un petit sourire complice et bienveillant, il me dit :

— Eh bien, vous en savez des choses !

Je souris, car j'aime bien ce collègue, j'ai confiance en lui et de plus, j'éprouve une certaine satisfaction, à tort ou à raison, de constater que mes nouvelles relations avec Dora ne passent pas tout à fait inaperçues. Ce en quoi j'ai bien tort, car je vais m'apercevoir très rapidement que les nouvelles vont vite. Malheureusement, les gens aiment bien se mêler de ce qui ne les regarde pas.

Oui, ce printemps-là est celui des vingt ans de Dora et, par la même occasion, j'apprends son appartenance au signe du Bélier, signe de feu sous la dépendance de la planète Mars. On dit que la native du Bélier est une passionnée. Ses vingt ans, Dora les crie joyeusement, elle les annonce avec orgueil et enthousiasme. Cela se comprend. Pour moi, ils représentent inconsciemment une profonde blessure. Ce printemps-là, c'est aussi celui des vingt et un ans de mon fils, un garçon très attachant dont j'ai parlé à Dora à plusieurs reprises, comme de tous les membres de ma famille.

Un jour où ma cour était particulièrement pressante sans doute, Dora m'interroge :

— Si j'étais la fiancée de votre fils, est-ce que vous auriez la même attitude à mon égard?

La question me surprend un peu, pourtant, je donne ma réponse presque à regret :

— Cette situation me rendrait très malheureux, mais je ferai tout pour m'effacer et lui laisser la place.

— C'est bien, me dit-elle, j'espérais cette réponse, je n'en attendais pas moins de vous et le contraire m'aurait déçue. Vous êtes un homme courageux.

Je n'ai pas tellement conscience de mériter ce compliment, mais je l'accepte tout de même.

L'éloignement me pèse davantage de jour en jour. À ce sujet, j'ai été sensible au désir de rapprochement de la part de Dora, le fait de cet éloignement constituant pour elle une entrave au développement de nos liens.

Je décide donc à deux reprises d'aller passer une journée entière à la succursale, ce qui va me permettre de la revoir et de lui parler longuement.

Le principe d'un rendez-vous a bien été accepté par Dora, mais il me reste maintenant à la décider, à concrétiser ce rendez-vous et en déterminer les modalités. C'est une affaire assez compliquée parce qu'elle n'est pas du tout libre, son mari veille sur elle comme sur un trésor inestimable. Il y tient comme à la prunelle de ses yeux. Je n'ai pas d'idées très précises pour le choix du lieu de rendez-vous. Nous pourrions nous retrouver à la campagne, en pleine nature, mais il faut y aller. Le trajet est susceptible de faire perdre du temps. Nous pourrions aussi bien nous retrouver en pleine ville, au milieu de la foule grouillante. À la faveur d'une longue communication téléphonique, je parlemente avec Dora, nous échangeons des idées. Nous nous sentons attirés l'un vers l'autre et nous avons une volonté commune : celle de nous rencontrer.

Dora estime bien préférable de nous voir en pleine ville, pensant que c'est encore la meilleure façon de passer inaperçus.

D'un commun accord, si j'ose dire, parce qu'au fond c'est elle qui a suggéré la solution, nous décidons de la retenir. Il y a justement au centre une galerie marchande comprenant une brasserie moderne où nous nous rendrons. Mais il ne sera pas possible d'y rester en raison du manque de discrétion de cet endroit, où les va-et-vient sont incessants. Alors, Dora a une idée qui paraît lumineuse et qu'elle me communique aussitôt :

— Dès que nous aurons pu nous joindre, nous descendrons au parking souterrain qui est à côté, mais si je ne suis pas arrivée à seize heures, vous viendrez en voiture jusque devant ma maison. Je surveillerai votre arrivée de ma fenêtre.

Je suis émerveillé par l'imagination et la présence d'esprit de Dora :

— Vous êtes merveilleuse, lui dis-je, je n'y aurais pas pensé tout seul.

— Les femmes ont toujours quelque chose à cacher, elles sont beaucoup plus secrètes que les hommes ! me répond-elle.

Je ne suis pas pleinement satisfait par cette réponse, trop de philosophie, trop d'expérience de la vie me déçoivent chez elle pourtant encore si jeune. Mais je dois reconnaître qu'elle est pleine de bon sens. En tout cas, la solution du parking me convient tout à fait.

Depuis peu, je connais l'adresse du domicile de Dora, je la lui ai demandée récemment sans savoir exactement ce que j'en ferais. Peut-être avais-je le secret espoir de me promener au hasard devant sa porte et, avec l'aide du « bon Dieu des amoureux », de la rencontrer comme par enchantement quelle que soit l'heure de mon passage. Elle m'avait dit que sa fenêtre était toujours ouverte et qu'elle s'y trouvait souvent.

Au début, elle fut réticente, elle ne voulait pas me la donner, et puis en insistant je finis par l'obtenir.

Le soir même où j'avais obtenu cette adresse, je passai sans l'avoir avertie devant sa maison où je ne pus la voir, mais le lendemain elle me déclara qu'elle avait pensé à moi, précisément à l'heure où j'étais passé.

— Qu'auriez-vous fait si vous m'aviez vu? dis-je à Dora qui me répond pudiquement :

— Je serais rentrée immédiatement dans ma maison.

Cette timide réponse ne lui ressemble pas tellement, elle est pourtant authentique. Peut-être n'avait-elle pas encore bien pris conscience à ce moment-là de la force extrêmement vive des liens qui allaient se nouer entre nous.

Désirant mettre toutes les chances de notre côté, je lui demande si je ne pourrais la voir ne serait-ce que quelques instants le lendemain matin, samedi, craignant que le rendez-vous de l'après-midi soit compromis pour une raison ou pour une autre.

Ma proposition est acceptée. Dora me suggère de la retrouver le lendemain à onze heures dans son quartier, dans sa rue, aux abords de la maison. Elle fait ses courses à cette heure-là et nous avons toutes les chances de nous rencontrer.

Chapitre VI

Le lendemain, j'arrive avec dix minutes d'avance, je range ma voiture dans la rue de Dora, au parking réservé à l'immeuble où elle habite, je m'installe comme chez moi, j'éteins la radio et j'observe le secteur avec un œil neuf. C'est un quartier commerçant, assez populaire, bruyant, il n'a rien de très original. Pour la première fois, je m'y sens très mal à l'aise parce que j'y fais un peu figure d'intrus.

Je suis extrêmement ému, mon cœur bat à toute allure. Je marche lentement devant moi, et je scrute l'horizon, sans rien voir venir, comme sœur Anne. La perspective est fort limitée par les façades des immeubles abritant des logements économiques et familiaux, ou par les carrosseries standardisées des innombrables voitures incrustées sur la chaussée.

Enfin, je vois apparaître la silhouette angélique de Dora qui s'avance à quelques mètres de moi, un sac à provisions au bout du bras. Son allure est majestueuse, irréelle, son buste est moulé dans un pull-over noir, elle porte une jupe en daim anthracite, très courte, ses jambes sont nues, ses souliers plats. Étant donné sa taille, ses robes sont toujours très courtes. D'abord c'est la mode des minijupes et à cela, elle y tient beaucoup. Plus on lui fera d'observations à ce sujet, plus ses robes raccourciront. Non parce que je ne le crois pas possible, mais en réalité, plus on lui en parlera, plus elle s'entêtera à porter des minijupes ou des robes exceptionnellement courtes.

Ses cheveux noirs s'étalent gracieusement. Dora n'a pas une once de fard, ni rouge à lèvres, ni fond de teint, ni poudre, ni parfum d'aucune sorte, ni noir au yeux.

Elle s'avance vers moi calmement, simplement, apparemment sans complexe. Pour la première fois elle est là pour moi, uniquement à cause de moi. Je n'en reviens pas, je crois rêver, je rêve vraiment…

Nous nous abordons avec un petit sourire complice, un peu tendu peut-être. À cette minute, nous sommes heureux tous les deux, mais quelque peu effrayés. Nous nous retrouvons face à face en pleine ville, dans un quartier populaire où beaucoup de gens la connaissent. En cette fin de matinée, son mari peut arriver d'un moment à l'autre.

Je l'entraîne à quelques mètres de notre point de rencontre, à l'abri d'un grand mur, celui de son immeuble précisément. Nous nous sommes dit bonjour avec ce fameux petit sourire mélancolique des amoureux qui ont un peu peur et regrettent de ne pas être libres d'être ensemble. Tout de suite, je parle à Dora de notre rendez-vous prévu pour l'après-midi. Je reformule ce que nous avons dit la veille au téléphone, pour éviter tout malentendu ou fausse manœuvre susceptible de compromettre notre projet.

Nous sommes bien d'accord, elle me confirme tout ce que nous avions décidé la veille. Je ne sais quel pressentiment me guide à ce moment-là, mais je précipite les événements. Nous sommes en plein dans le champ de vision de nombreuses personnes dans la rue ou aux fenêtres de leur appartement. Je dis à Dora :

— Ce serait dommage de tout gâcher, de compromettre notre rendez-vous de cet après-midi. On peut nous surprendre, tout le monde vous connaît ici.

Elle me réplique :

— Cela m'est bien égal.

Cependant je ne suis pas tranquille et je conclus :

— Il faut nous séparer tout de suite. Au revoir.

Dora me racontera l'après-midi même ce qui s'était passé quelques secondes plus tard. À peine avais-je disparu que Miguel arriva dans sa Renault fourgonnette 4L et vint se ranger le long de l'immeuble où nous nous trouvions, Dora et moi, quelques instants plus tôt.

Si Miguel nous avait surpris, c'en était fini pour nous. Toutes les minutes, tous les jours que nous avions vécus depuis cet instant n'auraient probablement plus jamais existé, parce qu'ils auraient été anéantis par Miguel, tués dans l'œuf.

Tout bien réfléchi, cette supposition n'est pas évidente. Peut-être aurions-nous trouvé, Dora et moi, une explication ou un faux-fuyant qui aurait satisfait l'inquiétude de Miguel. Ou alors, peut-être aurions-nous, sans l'avoir prémédité, provoqué une rupture définitive entre Dora et Miguel. Mais dans ce cas, que se serait-il passé ? Quel sort aurait été le nôtre ? Nous serions-nous retrouvés seuls, Dora et moi, face à nos responsabilités et maîtres de nos destinées ? Nous n'aurions pu en tout cas déterminer entièrement et librement notre destin, car on est toujours tributaire d'un certain nombre de contraintes matérielles, physiques et morales, soumis au hasard, à la chronologie, à la marche inexorable du temps, etc. On pourrait épiloguer longuement sur l'incidence de la vie matérielle - du hasard aussi - sur le cours de la vie.

Oui, qu'aurions-nous fait de notre liberté, à supposer qu'elle existât ? Qu'aurait fait Miguel, aurait-il accepté que Dora subsistât au-delà de lui, qu'elle vive et soit heureuse, ou malheureuse sans lui, en dehors de lui ?

Quoi qu'il en soit, il était arrivé quelques secondes trop tard. Trop tard pour lui, étant donné tout ce qui a suivi cet instant et qu'il n'a pu maîtriser. Trop tard peut-être aussi pour nous, pour lui, pour Dora et pour moi en même temps, parce que s'il était arrivé quelques secondes plus tôt, la situation aurait sans doute été pour chacun d'entre nous, plus claire.

Le matin même, je l'ai donc vue, je lui ai parlé quelques minutes, très rapidement. C'était en quelque sorte notre premier rendez-vous, mais entre nous, tout reste à faire, tout est à démontrer. Nous ne savons exactement, ni l'un ni l'autre, si nous serons heureux d'être ensemble, si nous nous aimons vraiment. Je me trouve par conséquent dans l'attente la plus angoissante, mais aussi dans le doute le plus doux, lourdement chargé d'espoirs.

À quinze heures exactement, j'arrive comme convenu à l'entrée de la brasserie où nous avons rendez-vous et je commence à attendre en faisant les cent pas. Les cinq premières minutes passent assez vite, puis cinq à six minutes s'écoulent encore, puis de nouveau cinq minutes. Au fur et à mesure que le temps passe, ma maigre assurance fond et mes pauvres espérances s'amenuisent. Je continue à déambuler de façon méthodique d'un point à un autre, choisis comme repères et inlassablement je poursuis mon va-et-vient initial en m'obligeant à suivre rigoureusement le même trajet chaque fois, avec l'espoir de tuer le temps et de tromper mon attente.

Je commence à m'énerver, ma respiration se précipite. Pourtant j'essaie de prendre un air aussi naturel que possible pour ne pas trop attirer l'attention. Dans l'une des boutiques de la galerie voisine, il y a une commerçante connue de moi pour l'avoir souvent rencontrée et qui finira sans doute - du moins je l'imagine - par me reconnaître et se poser un tas de questions sur ma présence opiniâtre en cet endroit et à cette heure. En fait, il n'en est rien. Elle est probablement beaucoup plus préoccupée de ses petites affaires que par ma présence que je suis seul à trouver insolite.

Les minutes continuent à défiler. Dora m'a bien dit :

— Si je ne suis pas là à quinze heures trente, c'est que je n'aurai pas pu venir, venez alors à ma rencontre, je serai à ma fenêtre et je descendrai vous rejoindre.

Elle n'a pas dit :

— Si je peux je descendrai.

Pour elle, la question ne semble pas faire de doute, elle viendra me rejoindre, on pourrait penser qu'elle en est certaine, qu'elle le sait déjà.

Malgré cette affirmation, toutes sortes d'idées pessimistes m'assaillent. Je me dis :

« Elle aura réfléchi, elle ne viendra pas, elle a changé d'avis… »

Ou encore :

« Son mari ne la quittera pas, elle sera coincée, elle ne pourra venir… »

Ou bien :

« Si je vais chez elle, je risque de ne pas la trouver à sa fenêtre, nous ne pourrons nous joindre », etc.

Toutes ces idées noires me plongent dans une anxiété très désagréable.

En réalité, elle n'avait pas pu venir parce qu'elle avait eu à l'improviste l'un de ses frères à déjeuner et le repas s'était prolongé un peu plus que de coutume malgré les efforts de Dora pour l'écourter.

Après une demi-heure d'attente, je regagne ma voiture et je fonce vers son appartement. Je bifurque dans sa rue en klaxonnant imprudemment et, dès que j'arrive dans son champ de vision, je l'aperçois à sa fenêtre, manifestement en train de surveiller mon arrivée. Je respire. De loin, nous nous jetons un regard mutuel et je viens me ranger au parking face à son immeuble. Là, je ne suis plus dans son champ de vision et j'attends dans l'angoisse, ne sachant exactement ce qui va se passer, ne sachant si elle pourra se libérer.

Au bout de quelques minutes qui me paraissent aussi longues qu'un jour sans pain, je la vois paraître, cherchant ma voiture, me cherchant, la marche hésitante, toute pâle. Elle aperçoit la voiture, s'y précipite calmement mais prestement. Je lui ouvre la portière, elle s'y engouffre. Je lui dis :

— Vous êtes toute blanche.

— J'ai peur, me répond-elle.

Et c'est vrai, pour la première fois à ma connaissance, Dora a très peur. Son mari est parti depuis peu, elle ne sait dans quelle direction, il est peut-être encore dans les parages.

Je ne suis pas très fier moi non plus, je la questionne :

— Où allons-nous ?

— Où vous voudrez, mais ne restons pas ici, réplique-t-elle.

Je prends la première rue à gauche. Manque de chance, c'est une impasse, cela représente un danger supplémentaire et surtout une perte de temps, un temps précieux.

Je fais un demi-tour sur place, je parviens à sortir de la souricière et je me dirige vers le nord, vers la campagne. Pendant le trajet nous sommes côte à côte, et déjà nous sommes heureux parce que nous sommes ensemble. Nous commençons à parler gentiment de choses et d'autres. Mais je suis pressé d'arriver et de trouver un refuge où nous pourrons nous abriter et rester, quelques minutes durant, l'un auprès de l'autre, seuls.

Tout en conduisant, je commence à retrouver ma route et faire le point. La colline où nous nous trouvons maintenant me redevient tout à fait familière, je l'ai parcourue lors de ma tendre jeunesse et j'y ai même chassé un peu plus tard. Je retrouve le raidillon étroit et sinueux qui grimpe à environ trois cents mètres d'altitude à l'endroit où l'on domine la ville tout entière qui s'étale en désordre et, plus loin, la Méditerranée majestueuse que l'on perd à l'horizon avec ses caps et ses îles qui, eux, en revanche, émergent et demeurent figés.

Le petit chemin n'est pas celui du grand fabuliste « montant, sablonneux, malaisé et de tous côtés au soleil exposé ». Les quatre-vingts chevaux vapeur de ma voiture en viennent facilement à bout, mais il me rappelle celui que je fredonnais dans mon enfance lorsque j'étais heureux : « Le petit chemin qui sent la noisette » de Mireille, chanté par Jean Sablon. Époque bénie, mais ô combien insouciante et dangereuse d'avant la dernière guerre mondiale.

Nous avons roulé à peine dix minutes et pourtant une certaine intimité s'est installée entre elle et moi. J'ai tout à coup l'impression de la connaître depuis longtemps et de l'avoir sous ma protection comme si elle était un petit enfant. J'ai une ardente envie de la tutoyer ce qui exprime pour moi : amitié, rapprochement, intimité, amour paternel peut-être. Je le lui dis tout en grimpant la côte en seconde :

— Dora, je voudrais vous tutoyer, j'en ai très envie, est-ce que vous acceptez, voulez-vous me tutoyer aussi ?

Elle trouve cela très naturel, pour elle le tutoiement ne représente pas un obstacle majeur. C'est décidé, à partir de maintenant nous adoptons ce nouveau mode de communication orale, même si au fond, rien ne pressait. À part quelques hésitations ou erreurs au début, nous y parviendrons assez rapidement. Devant les étrangers, évidemment, il faudra faire attention. Dora est à peine un peu inquiète à ce sujet, mais tout bien réfléchi, les gens en prendront l'habitude, comme nous-mêmes.

Nous arrivons enfin sur le plateau dans un endroit, disons, isolé. Une carrière de pierres se trouve à proximité. Seul un gros camion passera de temps en temps pas très loin de nous, mais le chauffeur tout à son travail ne regardera pas de notre côté.

J'engage ma voiture en marche arrière dans un espace libre très étroit, en cul de sac, au risque de la rayer sur les arbustes et branchages divers qui le bordent. Ces spécimens de la végétation méditerranéenne forment un rideau dense et épineux, écran idéal pour les amoureux. Je m'arrête lorsque j'atteins une clôture en fils de fer barbelés. De tous côtés, nous sommes entourés de forsythia aux fleurs jaune d'or. Les rayons du soleil baignent la voiture, il fait déjà chaud, je suis navré de ne pouvoir protéger de leur ardeur ma douce Dora.

Chapitre VII

Le moteur est maintenant silencieux. Nous sommes seuls, Dora et moi, côte à côte, nous ne parlons pas, nous ne nous posons aucune question. Rien n'est concerté entre nous, tout se déroule sans problème, d'une façon naturelle et spontanée.

Je me déplace légèrement sur ma droite, et je me serre doucement contre elle. Je passe mon bras droit au-dessus de ses épaules, de mon bras gauche qui est libre, je l'attire vers moi. J'approche mon visage tout près du sien. Je reçois son souffle léger et parfumé comme le jasmin, je la respire comme une fleur et je pose mes lèvres très légèrement sur sa joue, où naissent les siennes. Dora est très douce, sa peau est fine comme celle d'un bébé. Elle reçoit mes baisers bouche fermée au début, mais très vite nous nous trouvons enivrés par nos caresses timides et discrètes qui vont se précipitant et se multipliant.

Dora soupire profondément et m'appelle comme à regret, à voix basse et du fond de son âme dans un souffle : « Olivier, Olivier… » Cet appel se répète plusieurs fois, il est en quelque sorte une manifestation de sa joie, une expression de son bonheur et en même temps un cri de détresse.

Le trouble de Dora me paraît en effet très profond, je ne me l'explique pas entièrement. Est-ce l'unique joie d'être dans mes bras, est-elle en train de découvrir ses vrais sentiments à mon égard ? Est-elle en train de penser que nous ne sommes libres ni l'un ni l'autre et que nous ne pourrons jamais l'être ensemble ?

A-t-elle des scrupules, pense-t-elle à l'aspect assez singulier de la situation dont nous sommes en ce moment même les créateurs ou les responsables inconscients ? Ou bien y a-t-il une autre explication qui m'échappe ?

Lorsque je la serre dans mes bras, Dora me dit :

— Olivier, tu trembles.

C'est exact, je tremble de joie, l'émotion s'empare de moi.

Je multiplie mes baisers. Dora les accepte et me les rend maintenant, tendrement, avec un peu plus d'assurance. En même temps que je la couvre de caresses, je sens venir sur mes lèvres et j'entends tinter à mes oreilles toute une série de mots d'amour que je ne me connaissais pas et qui défilent comme le débit clair et régulier d'une source limpide :

— Ma poupée, ma chérie, mon amour, je t'aime, je t'aime…

Lorsque je l'appelle « ma poupée », elle est un peu réticente, car elle prend cela pour un terme péjoratif, celui qu'on jette dans la rue à une belle fille qui passe.

Je lui explique que ce mot représente pour moi le plus grand des compliments. Il est chargé d'amour et j'ai coutume de le réserver aux petits êtres doux, inoffensifs et sans protection, exempts de toute tache. Les petits enfants, par exemple, ou même les petits animaux. Je l'employais pour mes filles quand elles étaient toutes petites. Dora comprend mes explications, elle est rassurée.

Ce jour-là, j'avais sans doute encore l'esprit froid et peut-être n'aimais-je pas Dora comme je l'aimerai par la suite. J'avais en effet une vision assez claire de la situation présente et de l'avenir, je me rendais bien compte de l'obstacle que représentait notre différence d'âge, puisque je lui avais dit :

— Quoi qu'il arrive, quoi que nous fassions, notre amour est impossible, sans issue, il ne peut durer…

Elle m'avait regardé d'un air interrogateur et incrédule. Elle ne paraissait pas très convaincue et ne partageait pas entièrement mon opinion. Mais nous étions tous les deux dans le présent, heureux d'être ensemble et, à cet instant, l'avenir ne nous préoccupait pas encore.

Elle n'y attachait pas grande importance et moi, puisque je l'avais entre mes bras, je ne souffrais pas pour la minute de cette sombre mais pourtant clairvoyante déclaration qui devait être la clef ou le point central de toute notre histoire.

Les minutes passent très vite, nous sommes ensemble depuis près d'une heure, je propose à Dora de venir s'allonger dans l'herbe fraîche à l'ombre d'un petit bosquet qui se trouve à quelques mètres à peine derrière la voiture. Elle refuse énergiquement et devant ses dénégations, je lui dis :

— Tu vois bien que mes intentions sont pures, tu vois bien comment je te traite.

Elle paraît surprise, en effet, par ma douceur et elle me dit :

— Si tu avais agi autrement, je me serais défendue, je me serais débattue comme une panthère. Je préfère rester dans la voiture parce que toi, je t'aime et je ne sais si je peux répondre de moi.

Ce « toi, je t'aime » m'émeut profondément, il m'a certainement marqué par la suite, parce que j'y crois de toutes mes forces.

J'ai posé quelques questions à Dora sur sa vie affective. Elle m'a déclaré :

— Je préfère ne pas en parler.

Je suis un peu perplexe, je saisis mal le sens de cette réponse, mais elle a l'accent de la sincérité et ses explications parviennent à me convaincre.

Ce « toi, je t'aime » ne m'en touche que plus. Je pense alors que Dora pourrait être heureuse avec moi…

Maintenant, il est l'heure de nous séparer, il faut redescendre vers la ville. Je vais la raccompagner aux abords de son domicile.

La séparation sera d'autant plus pénible que, la semaine suivante, je dois partir en mission dans le centre de la France pour une dizaine de jours. Dora me le rappelle avec une petite voix triste, elle proteste en gémissant :

— Olivier, je ne te verrai pas pendant dix jours, ne peux-tu renoncer à ce voyage ? Je t'en prie, ne pars pas.

Mon embarras est visible :

— Ma chérie, je ne puis remettre ce déplacement, tu verras, dix jours ce sera très vite passé, aie confiance, nous pourrons nous écrire et même nous téléphoner tous les jours.

Contrairement à Dora qui est « au fond de la vague », je suis moi-même regonflé et rasséréné. Cet amour naissant que je découvre me redonne confiance en moi. L'attitude de Dora, ses sentiments, qui à mon avis ne font aucun doute, me rendent optimiste et heureux, presque gai. Tout en roulant, je lui explique qu'il nous faut être confiants et de plus nous devons nous revoir au moins encore une fois, le jour de mon départ, la semaine suivante.

Dans un couple, il n'est pas rare de constater une telle alternance d'impressions et de sentiments, une sorte de jeu de bascule. Lorsque le niveau moral de l'un des partenaires est très bas, ou plutôt le degré de pessimisme ou de découragement très fort, l'autre partenaire devient instinctivement optimiste et prend le relais pour tenter de relever par son attitude et ses paroles l'état moral du couple. Cette réaction n'est pas à sens unique, elle se produit presque toujours dans les deux sens. C'est, je crois, une manifestation de l'amour. Lorsque l'un des partenaires est triste et le laisse voir, l'autre, s'il aime vraiment, ne peut et ne veut le supporter, alors il s'emploie à faire tout son possible pour consoler et réconforter l'objet momentanément malheureux de son amour partagé, en attendant d'être lui-même à son tour réconforté dans une circonstance analogue.

Le temps de trajet est très court, déjà nous arrivons à l'entrée de la ville, la tristesse de Dora fait place à l'angoisse. Je vais la déposer en pleine ville, dans son quartier, à proximité immédiate de son domicile. Là, n'importe qui peut nous voir, peut-être même allons-nous tomber sur Miguel. Nous sommes partis depuis deux heures environ, Dora me dit :

— Pourvu que Miguel ne soit pas revenu à la maison, s'il se doutait de quelque chose il me tuerait. Un jour il me l'a dit : "Je préférerais te voir morte plutôt que de te voir dans les bras d'un autre".

Instinctivement, je réponds à Dora :

— Moi, je préférerais te voir dans les bras d'un autre, plutôt que de te voir morte.

J'ai jeté cette phrase sans réfléchir plaçant ainsi mon amour pour elle au-dessus de tout ; au-dessus d'un médiocre sentiment de jalousie. Je veux exprimer par-là - et je le pense sincèrement - que je tiens plus à sa vie, même en dehors de moi, qu'à notre amour mutuel. Elle peut vivre et être heureuse sans moi et je ne veux pas que la permanence de notre amour soit une condition de son bonheur. Pour la première fois, une idée nouvelle me traverse l'esprit, je pense que le bonheur de Dora est plus important que notre amour.

Cette phrase que je viens de prononcer, on me dira : « Elle n'est pas géniale, elle n'est pas héroïque, vous n'êtes pas son mari. Vous la connaissez seulement depuis quelques jours, vous n'êtes rien pour elle, qu'est-ce que cela peut vous faire qu'elle aille dans les bras d'un autre ? Son mari, lui, ne pourrait le supporter, car il l'aime plus que vous n'êtes capable de l'aimer vous-même. C'est sa femme, c'est sa vie, pour vous elle n'est qu'une rencontre passagère et de fraîche date. »

Quand j'ai parlé d'« un autre », j'ai pensé à un homme autre que Miguel, car l'amour de Miguel pour Dora, je le comprends et je l'accepte, je le supporte sans trop souffrir. Quant à l'amour de Dora pour Miguel, d'après ce que j'en sais, il m'interpelle, j'en doute un peu, mais je ne puis me prononcer très clairement, je ne les ai jamais vus ensemble. Comment Dora se comporte-t-elle avec Miguel ? Je crois savoir qu'elle hésite beaucoup et varie fréquemment à ce sujet.

Cette phrase, je l'ai prononcée, c'est vrai, parce que je l'ai trouvé belle, sans doute, mais je ne suis pas sûr d'avoir été pleinement sincère. Je ne suis pas certain d'être capable ni d'un désintéressement absolu, ni de me sacrifier, de m'exclure totalement pour sauvegarder le bonheur de Dora en dehors de moi.

Tout à coup, je mesure toute la gravité de notre situation, toute notre culpabilité, tout le mal que nous faisons. Le mal que nous nous faisons à nous-mêmes, tout le mal en puissance, mais non encore révélé, que nous pouvons faire à nos proches, en particulier à Miguel, d'une part, et à Françoise d'autre part.

Françoise, c'est ma femme. Je suis terriblement coupable de ne pas en avoir parlé plus tôt, mais je l'ai fait sciemment parce que j'étais quelque peu embarrassé pour le faire et je me réservais de lui attribuer un peu plus tard toute l'attention qu'elle mérite dans notre vie d'abord et dans toute cette histoire ensuite.

Je me demande pourquoi j'accorderais plus d'attention à Miguel qu'à Françoise, ce serait contre nature. En vérité, Miguel, je le redoute, alors que Françoise, pour le moment, ne s'est pas dressée comme un rempart devant mes desseins immédiats.

De sombres pensées me font trembler maintenant. Je vois Dora morte, poignardée par Miguel, étendue à terre dans un linceul de neige, une large auréole de sang au niveau de la poitrine. Cette vision me glace.

Quant à moi, je me vois aux prises avec Miguel, incapable de nier, incapable de me défendre, par nature, par sincérité infantile. J'ai horreur du mensonge ou plutôt jusqu'à présent, j'avais horreur du mensonge, je n'ai jamais été capable de risquer de nier l'évidence.

Lorsque j'étais à l'école, parfois mes professeurs me disaient :

— Voyons, Olivier, j'entends vos camarades qui vous soufflent la leçon, répétez au moins ce que j'entends de ma chaire.

Je ne répondais pas et je refusais de répéter servilement ce que mes camarades me soufflaient. D'abord, je n'avais pas une confiance absolue en eux, ensuite mon honnêteté foncière, mon amour-propre viscéral me l'interdisaient. Je ne savais pas ma leçon, je n'avais qu'à en supporter toutes les conséquences.

Un jour, dans un salon chez mes parents, j'avais sept ou huit ans, ma mère m'interpella parce que j'avais commis une faute bénigne ou désobéi :

— Venez ici, monsieur, que je vous donne une gifle pour vous corriger.

Je n'hésitai pas une seconde, je traversai le salon tout entier devant les regards intrigués et attentifs de l'assistance aux aguets et je vins me placer courageusement devant ma mère, avec quelque effronterie, pour recevoir le soufflet que j'estimais avoir mérité.

Ma mère était une grande femme, bien charpentée, très belle, les hommes se retournaient dans la rue sur son passage pour l'admirer. Sa main était leste, ses soufflets n'étaient pas des caresses. Lorsqu'elle giflait, la morsure de son anneau nuptial était vive et pourtant je n'avais pas hésité à venir cueillir ma correction.

Voilà un aperçu de mon honnêteté initiale. Durera-t-elle ? Ce n'est pas certain. La force que représente Dora pour moi aura-t-elle une influence sur mon comportement ? M'entraînera-t-elle plus près de l'honnêteté ou m'en éloignera-t-elle ? C'est l'avenir qui le révélera.

J'ai arrêté ma voiture au carrefour le plus proche de la maison de Dora. Là, nous nous sommes donné un dernier baiser d'adieu, rapide, furtif. J'ai appuyé mes lèvres sur les siennes, doucement et nous nous sommes séparés. Elle est descendue, j'ai démarré et nous avons échangé au passage un dernier regard chargé d'amour et de regrets.

Chapitre VIII

Une nouvelle semaine commence et, en attendant un autre rendez-vous, avant mon proche départ, nous allons nous téléphoner tous les jours, parfois même deux, trois ou quatre fois.

Je n'ose plus appeler Dora de mon bureau où je me sens mal à mon aise quand je lui parle. J'ai toujours l'impression qu'on nous épie et que n'importe qui peut écouter nos conversations. Alors, je vais à la poste et là je parle beaucoup plus librement.

Je me doute bien qu'un jour ou l'autre, elle attendra un bébé, c'est en principe ce qui peut arriver de plus heureux à une toute jeune femme dans un contexte normal. Aussi, un jour, au téléphone, abordé-je ce sujet. À ce moment-là, je le fais avec une certaine désinvolture, parce que, d'une part, ce n'est encore pour moi qu'une hypothèse, une vue de l'esprit et que, d'autre part, je ne me rends pas encore bien compte à quel point je tiens à elle. Je lui dis :

— Un jour ou l'autre, tu auras des espérances, le contraire serait bien étonnant.

— J'espère que ce sera le plus tard possible, me réplique-t-elle.

Sa voix ne tremble pas, elle exprime la sincérité, mais elle n'écarte absolument pas cette possibilité. Elle paraît admettre que c'est dans les choses tout à fait prévisibles, sans se prononcer.

Dans mon esprit, cette éventualité marquerait un coup d'arrêt dans la suite de nos relations affectives. Si elle était enceinte un jour ou l'autre, ne serait-ce pas la condamnation de notre amour ? Et même, nos sentiments respectifs purement cérébraux, ne seraient-ils pas anéantis ?

Pour moi, cette pensée ne fait aucun doute. Lorsque Dora aura dans son sein l'embryon d'un petit enfant de son mari, il sera tout à fait exclu qu'elle ait une pensée quelconque pour un homme autre que cet heureux mari, le maître d'ouvrage de ce petit enfant.

Un jour où il était très en colère, Miguel avait dit à Dora :

— Tu peux me quitter, tu peux partir si tu en as envie, avec qui tu voudras, je te rattraperai toujours et je ferai de toi ma maîtresse.

Pour lui, ce n'est pas une boutade. Cette déclaration, même dans le feu de la colère, montre à quel point il a sa femme « dans la peau ». Quant à Dora, cette réflexion n'est pas pour lui déplaire, elle me la répète. Quel que soit son état d'esprit à l'égard de Miguel, elle est sensible à la force de son amour.

La fin de la semaine arrive, je me prépare à partir, mais, auparavant, j'ai un second rendez-vous avec elle. Cette fois, nous sommes convenus de nous retrouver au grand parking souterrain. C'est le matin, je suis en avance, comme toujours, et Dora est tout à fait exacte. De loin, je la vois arriver. Son allure élégante, sa silhouette féline me remplissent de joie et d'émotion. J'ai toujours un immense plaisir à la regarder. Elle porte une robe jaune et noire à fleurs, très courte, j'ai l'impression de voir venir à moi une très jolie bohémienne.

J'ouvre la portière de ma voiture, nous nous y installons gentiment, tout simplement, à l'arrière pour être plus à l'aise et moins visibles de l'extérieur. C'est notre second rendez-vous, ce que je considérais comme un rêve irréalisable est maintenant une réalité tangible. Comme lors du premier rendez-vous, nous n'avons aucun problème. À peine nous sommes-nous dit bonjour que nous nous penchons l'un vers l'autre. Dora est dans mes bras. Je l'embrasse tout doucement, sa peau est douce, plus douce que le velours, plus douce que la soie. Je ne puis comparer cette douceur à quoi que ce soit, car je ne connais rien de plus doux. Son haleine est fraîche comme la rosée d'un matin de printemps, parfumée comme le miel de Provence.

Le contact de mes lèvres la trouble, comme la première fois. Elle soupire longuement, à plusieurs reprises, elle m'appelle, nos lèvres se rejoignent et se confondent bientôt. Pendant un grand moment nous allons connaître l'ivresse de nos baisers.

Ce jour-là, Dora a tenu à me montrer quelques photographies de famille qu'elle déballe de son sac si encombré d'objets divers qu'il en est tout arrondi. Ses parents, ses sœurs, ses frères, son mari, les innombrables membres de sa belle-famille espagnole, etc. Je les regarde avec intérêt parce que tout ce qui la touche m'intéresse. Alors que je suis penché sur ces photographies, tout contre elle, j'aperçois l'une de mes vagues relations, un ingénieur de ma génération, père de famille lui-même, qui passe en voiture et nous regarde surpris, avec un air interrogateur. Je suis quelque peu gêné d'être ainsi découvert, mais somme toute assez fataliste et prêt à tout, vu la joie que j'éprouve à ce moment-là. Dora se rend compte de ma gêne et, comme elle a réponse à tout, elle me dit en parlant de mon ami :

— Si jamais il t'en parle, tu lui diras que tu étais avec ta fille.

Cette idée me paraît un peu simpliste. En tout cas, je suis touché par la gentillesse de Dora toujours prête à trouver de bonnes raisons pour tenter de dissiper mon embarras ou mes préjugés issus directement de mon éducation bourgeoise.

Aujourd'hui, elle est grave. Je la serre tout contre moi, nous continuons à nous embrasser sans contrainte, nos mains s'étreignent tendrement. À cet instant, je la sens entièrement à moi. J'ai l'impression qu'elle se livre, moralement tout autant que physiquement, et je n'ai pas tort. Je la regarde, ses paupières se mettent à rougir. Dora pleure, elle paraît en plein désespoir et me dit :

— Olivier, si tu apprenais quelque chose à mon sujet, que je t'aurais caché, est-ce que tu m'en voudrais ?

Cette question me laisse perplexe, je lui demande ce qu'elle entend par-là :

— Dora, que me caches-tu ? Je veux savoir, réponds-moi.

Son visage se ferme, elle me dit d'une voix tendre :

— Olivier, je t'en prie, tais-toi.

Elle est en même temps douce et ferme, ce « tais-toi » m'émeut. Effectivement je me tais, je ne pose plus de question. Puis elle ajoute :

— Olivier, je t'en prie, je veux partir avec toi, emmène-moi, je suis prête à te suivre où tu voudras.

De grosses larmes roulent le long de ses joues, elle est prête à partir avec moi, j'en suis sûr, je n'ai qu'un mot à dire.

C'est une proposition terrible qu'elle me fait, en une seconde je me sens pris d'un grand vertige. J'imagine à cet instant toute ma responsabilité, tout mon pouvoir, tout ce que je suis en mesure de changer radicalement, avec un mot, dans le cours de ma vie, dans la vie de tous les proches qui gravitent autour de Dora et autour de moi. Je prends conscience de tout cela en une fraction de seconde.

À mes yeux, c'est le paradis sur Terre qui m'est offert, en vérité. Pour moi, Dora est la quintessence du bonheur, la joie suprême, le summum de ce qu'un homme peut souhaiter. Refuser cette offre serait une folie n'est-ce-pas ?

Ce dilemme me rappelle une petite anecdote qui date de mon enfance.

Nous vivions, mes frères et sœurs et moi, avec nos parents, dans un petit village où il y avait un grand jardin potager, planté d'arbres fruitiers, des cerisiers surtout, disséminés dans les terres cultivées et les prairies. Nous avions coutume, comme la plupart des enfants, de nous gaver de ces fruits à qui mieux mieux et, bien sûr, nous attrapions de temps en temps de superbes coliques. Pour y mettre bon ordre, ma mère m'interdit un beau jour de manger des cerises sous peine d'un châtiment exemplaire. Je savais que ce dernier n'aurait pas été bien terrible, mais l'ordre avait été donné avec toute la fermeté, toute l'autorité dont ma mère était fort capable de faire preuve. Elle m'avait regardé droit dans les yeux et j'avais compris qu'il ne fallait pas plaisanter.

Pourtant, quelques heures plus tard, je me retrouvai sous un cerisier, tenaillé par la tentation de tendre la main et cueillir un beau fruit bien rouge tirant sur le noir et bien juteux. J'hésitai un long moment, puis n'y tenant plus je tendis la main et cueillis une cerise que je mis prestement dans ma bouche. Là, je fus pris d'un violent remords et alors que j'avais commencé à mordre le fruit et sentir le jus rouge courir sur mes papilles gustatives, je crachai le tout bruyamment. À regret, mais aussi avec horreur, comme pris de panique à l'idée de ma désobéissance, de la faute que j'étais sur le point de commettre.

Voilà ce que c'est que d'être prisonnier de l'éducation que l'on a reçue. Vous le croirez ou non, devant l'offre de Dora, je me dérobe :

— Te rends-tu compte, ma chérie, de ce qui pourrait arriver, si nous partions ensemble. On nous ferait rechercher, on nous retrouverait, tout cela pourrait se terminer par une horrible catastrophe.

J'imagine le pire, très sincèrement, d'ailleurs, mais je ne réussis pas à la convaincre :

— Je t'en prie Olivier, emmène-moi.

Maintenant, elle sanglote, je la déçois probablement. Malgré cela, je ne parviens pas à franchir le cap qui m'aurait peut-être permis de reculer les limites du bonheur ou qui nous aurait au contraire, engloutis dans le plus sombre, le plus sordide, le plus vilain ou le plus vulgaire des drames. Je me sens entièrement prisonnier de la raison, je crains les complications, les difficultés graves, je ne sais pas saisir l'occasion unique - inespérée telle que je la vois pourtant à ce moment-là - qui m'est offerte. Non, de même que je n'ai jamais su nier l'évidence avec le sourire, en la circonstance, une fois encore, je ne sais pas risquer. En revanche, je trouve de bonnes raisons, j'avance de légers palliatifs :

— Ma chérie, il ne faut rien gâcher maintenant. En agissant ainsi, nous pourrions tout compromettre, il vaut mieux attendre. Tu verras, dix à douze jours, c'est très vite passé, tu n'en reviendras pas toi-même.

Tout en parlant, j'ai continué à caresser Dora, à l'embrasser, j'ai réussi à la calmer, sinon à la consoler tout à fait, mais déjà elle ne pleure plus. Elle m'a fait promettre de lui écrire et de lui téléphoner tous les jours, si possible. Elle m'a promis, de son côté, de répondre à mes lettres, bien qu'elle n'aime pas écrire, et de me téléphoner aussi.

Effectivement, je pense qu'une fugue pourrait avoir les plus graves conséquences pour nous et risquerait de tout compromettre. Je préfère avoir la certitude de la retrouver dans quelques jours, plus tranquillement, au risque de la laisser, en attendant, livrée à son sort.

Dora a obtenu de moi, également, une autre promesse qui ne m'engage pas beaucoup. Lorsque je prendrai la route, tout à l'heure, elle m'attendra sur son balcon et nous pourrons, de loin, nous adresser un dernier adieu avant cette séparation de quelques jours.

En définitive, je ne suis pas très fier de moi, car j'ai dit non à Dora qui, elle, était bien décidée à tenter le tout pour le tout. Maintenant, il est trop tard, je ne saurai jamais si j'ai eu tort ou raison. D'ailleurs, si nous étions partis, de la même manière, je n'aurais jamais su si nous aurions mieux fait ou non de nous abstenir. Il n'est pas rare de voir des ménages se briser et se refaire dans ces conditions. Ici et là les décisions se prennent rapidement. Combien de femmes sont parties un beau jour pour aller vivre leur vie avec leur amoureux ? Combien d'hommes sont partis pour rejoindre la femme de leur vie? C'est bien souvent que Dora a vu le fait se produire dans son voisinage depuis sa plus tendre enfance et dans sa propre famille également. Quant à moi, je suis un peu excusable, car jusqu'à présent, à ma connaissance, ces pratiques n'avaient jamais eu cours dans ma famille, même dans les temps les plus reculés. Peut-être ne faudrait-il pas remonter trop loin pourtant? Oui, pendant de nombreuses années, j'avais cru que tous les miens (parents, frères et sœurs, oncles, tantes, neveux et nièces, cousins, etc.) étaient à l'abri de toute critique sur le plan moral. J'en étais tellement persuadé que j'ai vécu longtemps avec cette conviction qui a fortement marqué toute ma jeunesse et façonné dangereusement ma conception de la vie. Jusqu'au jour où, progressivement, j'ai découvert que tout n'était pas pour le mieux dans le meilleur des mondes, dans ma propre famille et même dans mon propre foyer et dans ma personne. Ce fut pour moi une série de découvertes assez pénibles, mais somme toute supportables, parce que progressives.

Je ne suis certes pas le seul dans ce cas.

Peut-être, est-ce en raison de mon âge, me suis-je senti le plus responsable de nous deux, à juste titre, j'ai décliné la pourtant tentante proposition de Dora que j'ai certainement déçue.

Tout en lui parlant - elle était assise sur mes genoux - j'avais placé ma main gauche sur son ventre que je caressais doucement sans y penser. J'avais eu alors la vague sensation que ce petit ventre était un tout petit peu trop rondelet, mais ce fut une pensée fugitive, imperceptible, non révélée. Cette pensée fut si passagère que je n'eus même pas l'idée de l'exprimer et je me tus, de peur, soit de me tromper, soit de me montrer fâcheux, cette rondeur pouvant très bien s'expliquer par la position assise dans la voiture.

Je ramenais Dora chez elle, sans prendre aucune précaution de sécurité, je me souciais peu de la possibilité d'être vus ensemble.

Une seule chose me frappa et m'importuna : je remarquai sur notre passage qu'un certain nombre de gens, les hommes en particulier, regardaient Dora avec une certaine insistance, bien qu'elle n'ait pas une once de fard et que sa toilette fût très simple. Elle ne paraissait pas y prêter attention. J'estimai alors que son visage de madone, ses longs cheveux bruns et sa silhouette sculpturale de bohémienne aux grands yeux noirs, ne pouvaient passer inaperçus.

Nous étions bien tristes tous les deux.

Avant de nous séparer, elle me dit :

— J'ai juste le temps de faire mes achats.

Je la regarde partir, mais j'ai justement, moi aussi, une course à faire. Je quitte ma voiture et je laisse filer le temps tout en faisant mes emplettes. Au bout d'une demi-heure, je me dis qu'en déambulant tout le long de la rue, j'aurai peut-être la chance de la rencontrer et la revoir encore une fois.

C'est ce que je fais, j'avance tout doucement en me faufilant à travers la foule grouillante, le regard en éveil pour la trouver. Les gens sont occupés par leur petit marché, les marchandes, revendeuses ou paysannes, crient à qui mieux mieux, pour vanter leur marchandise, attirer l'attention du client ou pour s'interpeller ou faire de grosses plaisanteries.

Au bout de quelques minutes à peine, j'aperçois Dora. Elle ne me voit pas tout de suite, son regard est vague et lointain, elle est toute pâle et me paraît fatiguée. Mon cœur se serre en la voyant ainsi, elle me fait de la peine à ce moment-là, peut-être m'inspire-t-elle un peu de pitié.

Dieu sait si la pitié est un sentiment dont elle n'aime pas faire l'objet.

Elle arrive tout près de moi, en m'apercevant elle sursaute. Nous faisons quelques pas ensemble dans cette foule terre à terre qui nous ignore et nous échangeons encore quelques mots :

— Bonjour Madame, lui dis-je en plaisantant pour essayer de la dérider, vous êtes seule, puis-je faire quelques pas avec vous ?

Elle sourit tristement.

Puis, j'ajoute :

— Ma chérie, tu es toute pâle, tu es malade ou bien est-ce la tension que tu as éprouvée pendant une heure avec moi ?

Personnellement, j'éprouve de mon côté une sorte de léger vertige nauséeux.

Dora me répond :

— J'ai très mal à l'estomac depuis tout à l'heure.

— Prends tout de suite une pastille Rennie, lui dis-je.

Elle sourit encore. Puis, comme il est très tard, elle est déjà en retard, nous nous séparons encore une fois.

— Au revoir Dora.

— Au revoir Olivier.

Chapitre IX

C'est samedi. Je prépare ma valise pour une absence d'une douzaine de jours, puis je fais mes adieux à ma femme et mes enfants. Ces derniers ne paraissent pas du tout affectés par mon départ. Depuis plusieurs mois ils ont pris l'habitude de mes absences fréquentes. Cette perspective ne paraît pas les gêner, au contraire, ils sont très décontractés. Mais qui peut dire dans quelle mesure un père absent ne manque pas à son fils ou sa fille ?

Dans un contexte normal, l'idée de départ m'aurait séduit, j'ai toujours eu un besoin de changement, je n'aime guère rester en place. C'est le besoin de changer de lieu, de voir ce qui se passe à côté, sans raison valable, de faire n'importe quoi, mais faire quelque chose. Pour Françoise, c'est un grave défaut qu'elle appelle la maladie de l'« ailleurs ».

Dans le cas présent, ce voyage ne me sourit guère. J'ai l'impression de ne pas avoir su saisir l'opportunité d'y renoncer.

Avant de refermer la porte de mon appartement, j'embrasse Françoise tendrement, très tendrement. Dans mes bras elle est heureuse, je sais qu'elle n'approuve pas mon départ, je vais certainement lui manquer. Elle proteste comme à son habitude, mais elle va plus loin, maintenant elle pleure dans mes bras. Je ne puis m'empêcher d'être attendri par ses larmes.

Ce déplacement, qui est motivé par un intérêt professionnel, il est considéré par Françoise comme un nouvel abandon et réprouvé par Dora. Je mesure mal l'impact qu'il est susceptible d'avoir sur la suite des événements.

Quoi qu'il en soit, je monte dans ma voiture et je prends le départ pour faire environ six à sept cents kilomètres. C'est à peine le début de l'après-midi, le soleil est éclatant, je ne sais pas encore où je coucherai le soir même. Comme promis, je passe devant la maison de Dora, elle est à son balcon, mais en compagnie de Miguel. Tous deux sont penchés en avant, s'appuyant sur la balustrade et se dorant au soleil tels des lézards. Dora est revêtue d'une blouse jaune. Celle qu'elle portait alors qu'elle était encore à l'école. Ses cheveux sont noués en arrière en queue de cheval. Miguel est à mes yeux une silhouette sombre, gris foncé ou marron, je le remarque à peine, je sais seulement qu'il est là. Je ne distingue pas leurs traits. Avec ma voiture, je fais le tour du pâté de maisons, deux ou trois fois, je passe sous le balcon de Dora et je me paie même le luxe de klaxonner au passage. Je suis tout de même très ému. D'une part parce que j'ai l'impression de ne pas être incognito et je me demande si Miguel ne va pas tout à coup découvrir notre manège, ce qui serait tout de même assez surprenant. D'autre part, la situation n'est-elle pas, en vérité, bien triste, sinon décevante ?

Il y a là, à quelques mètres l'un de l'autre, deux êtres qui s'aiment et qui donneraient tout pour être ensemble. Pour partir ensemble, mais ils ne sont libres ni l'un ni l'autre, ils ne peuvent se parler. L'un d'eux a décidé de partir, d'abandonner l'autre pour les motifs que l'on connaît.

Pour Dora et moi la situation est poignante. De loin nous nous regardons une dernière fois, nous savons que nous allons être séparés un certain temps qui nous paraît une éternité, malgré la force irrésistible de notre amour.

Je m'arrête enfin chez le pompiste le plus proche à l'angle de la rue voisine. De là, je n'aperçois plus Dora, mais je me garde bien de revenir en arrière une dernière fois pour la revoir. J'ai pris le départ, c'est fini, je ne veux plus souffrir, je ne veux plus la faire souffrir.

Maintenant, je fonce à tombeau ouvert comme j'en ai l'habitude vers la destination que j'ai choisie et je commence à faire une sorte de course contre la montre, pour aller « ailleurs » au plus vite. Au lieu de prendre mon temps, je pense que je pourrais arriver à destination le soir même et finalement, la route étant assez bonne et dégagée, le temps favorable, j'arrive le soir même au terme de mon voyage.

Tout le long de la route, j'ai pensé à Dora et à Françoise aussi. J'ai pensé à leurs recommandations.

Françoise m'avait dit :

— Sois prudent.

Dora m'avait dit :

— Ne va pas trop vite, mon chéri.

J'ai désobéi aussi bien à l'une qu'à l'autre. Pourtant, je ralentissais de temps en temps lorsque je voyais l'image de Dora avec son petit sourire vaguement triste se détacher sur le bitume dans mon champ de vision. Et depuis le matin, toute la journée, j'ai gardé la douce sensation de ses lèvres imprimées sur les miennes.

Lorsque j'arrive à l'hôtel le soir, j'ai une sensation de détente totale, due sans doute à la fatigue et au dépaysement. Il fait nuit noire, l'air est frais et humide, j'ai presque froid. Les jardins environnants sont embaumés par d'imposants massifs de fleurs. Toute la nuit des rossignols chantent dans les arbres au feuillage dense.

Le lendemain, dimanche, est un jour très long. Malgré l'attrait de la nouveauté, malgré quelques visages neufs pour moi et quelques conversations impromptues, je compte les heures, sachant qu'il me faut attendre le lendemain matin pour espérer un appel téléphonique de Dora.

Pour tromper mon attente et aussi pour avoir l'immense plaisir de demeurer avec elle et de lui parler, je poursuis la rédaction d'une longue lettre que je lui destine, commencée la veille, dès mon arrivée. Par le menu, je lui raconte tout ce que j'ai fait depuis notre séparation, depuis mon passage en voiture sous sa fenêtre, épisode que je prends plaisir à lui commenter. Je lui écris en détails tous mes états d'âme, toutes mes pensées que je lui dédie et qui volent vers elle. Je lui explique qu'avec un tel état d'esprit je ne pense pas du tout à draguer, ce qui aura le don de la faire sourire. D'une écriture fine, je couvre ainsi environ six grandes pages ! Pour gagner du temps et dans l'espoir surtout d'avoir vite une réponse, je porte ma lettre à la gare la plus proche, espérant qu'elle l'aura le lendemain ou le surlendemain, malgré l'éventualité d'une grève des postiers.

Cette lettre est un immense cri d'allégresse. J'aime Dora et Dora m'aime, c'est le début. Il n'y a encore aucune ombre dans cet amour si ce n'est notre différence d'âge, mais mon enthousiasme est très pur et plein de promesses.

Il existe pourtant beaucoup d'obstacles entre nous. Ne seraient-ce que les liens qui nous enchaînent l'un et l'autre, de part et d'autre - les liens du mariage -, mais, est-ce inconscience de ma part, je m'endors dans un état d'euphorie.

Le lendemain matin, je suis réveillé de bonne heure par la lumière du jour, par les premiers rayons du soleil qui pénètrent dans ma chambre avec discrétion. Les rossignols se sont tus, mais, en revanche, d'autres oiseaux font entendre leurs chants du matin, ce sont pour la plupart des becs fins. On entend le ramage du rouge-gorge ainsi que l'appel aigu et régulier de la fauvette à tête noire. Du fond du parc me parvient aussi le sifflement mélodieux des merles peu farouches.

C'est bien vrai, tous ces oiseaux sont au rendez-vous pour m'accueillir. Ma fenêtre est ouverte, j'aperçois maintenant le bec jaune sur le plumage noir d'un merle curieux, l'air frais pénètre dans ma chambre.

Je me sens un peu reposé, malgré mes émotions et ma fatigue, mais je suis encore engourdi, dans une sorte de torpeur, celle que l'on éprouve au réveil chaque matin. C'est alors qu'on remet tout en question en tout cas pour ce qui me concerne.

La fatigue vous envahit à tel point et l'envie de rester au lit est si forte que pendant un long moment, avant de reprendre tout à fait ses esprits, on se demande si vraiment on ne fait pas fausse route, si vraiment, la voie que l'on a suivie et que l'on suit toujours est la bonne ou non.

Je mets un certain temps à réaliser où je suis et ce que je fais dans ce lit tout seul. Je mets beaucoup de temps avant de penser à ma famille, aux êtres que j'aime, à Dora. Je suis envahi par une espèce d'amertume et je me pose des questions : « Que suis-je venu faire ici ? Pourquoi se donne-t-on tant de peine et de tracas pour son boulot ? Est-ce que le jeu en vaut la chandelle ? Quelle est la finalité de toute cette agitation, de toute cette consommation inutile d'énergie ? La motivation de tout cela est-elle le bien de l'humanité ? Cette dernière se moque-t-elle éperdument des contradictions issues d'une économie libérale ? Se porte-t-elle mieux dans un contexte plus dirigiste ? »

Oui, il y a des années que je me pose ce genre de questions chaque matin. Est-il vraiment nécessaire de faire quotidiennement tout ce que nous faisons, pour le bien des hommes, ou bien le faisons-nous seulement pour assurer notre subsistance, parce que notre société est tordue, ou encore, pour satisfaire les impératifs d'une ambition trompée par le contexte de notre cadre de vie ?

En temps normal, je devrais aussi douter de l'existence de Dora, de la puissance de son amour pour moi et de la véracité de mon amour pour elle. Mais, ici, je ne doute pas, je suis sous le charme, je suis sous le joug.

Le lundi matin, à peine ai-je repris mes esprits que j'ai une exacte conscience de la situation. Mes paupières s'ouvrent toutes grandes, mon cœur bat un peu plus vite, mon sang circule plus aisément, ma respiration prend son rythme de croisière. J'attends un appel téléphonique de Dora. Cette pensée me jette hors du lit, je commence à faire ma toilette et je m'habille. À partir de huit heures précises, je peux espérer cet appel, c'est l'heure à laquelle elle prend son service.

Je m'assieds au bord du lit et j'attends les yeux rivés sur le téléphone, dans l'incertitude. Quelques minutes passent, très lentement, mais tout à coup la sonnerie du téléphone retentit. C'est une sonnerie moderne donnant un son grêle, légèrement assourdie, non pas une sonnerie aiguë et cristalline, mais pourtant suffisamment impérative pour me surprendre et me donner quelques copieuses palpitations de cœur.

J'arrache le combiné d'un geste rapide et je crie d'une voix angoissée :

— Allô !

Il est à peine huit heures et cinq minutes, la pauvre chérie, elle n'a pas perdu de temps. Je perçois à l'autre bout du fil sa voix douce et féminine :

— Bonjour, c'est toi mon chéri, comment vas-tu ?

Dora, ne dit jamais « allô », son répertoire téléphonique n'en a pas besoin, sa maîtrise est suffisante pour demeurer toujours présente au bout du fil.

Le dialogue s'engage entre nous :

— Allô, allô, dis-je, je te remercie de m'avoir appelé, si tu savais comme je suis heureux d'entendre ta voix. J'attendais cet appel depuis deux jours avec une impatience que tu n'imagines pas.

— Olivier, je t'aime.

— Moi aussi, ma chérie.

Je fonds littéralement.

Nous revenons très brièvement sur les dernières minutes et les circonstances de mon récent départ. Dora m'explique que Miguel n'a rien remarqué de notre manège, lors de mon passage en voiture sous son balcon. Après tout, les automobilistes anonymes ont bien le droit de circuler dans la rue comme bon leur semble et même de klaxonner un bon coup, si cela leur fait plaisir…

Je regarde ma montre, nous parlons déjà depuis dix minutes, je vois passer le temps avec regret, je m'inquiète et me dis qu'il va falloir mettre fin à notre conversation. De peur d'être pris de court, j'ai préparé sur un bout de papier les questions que je voulais lui poser, pour ne rien perdre de notre dialogue. Je lui pose les questions une à une, elle y répond de très bonne grâce, toujours avec la même gentillesse, avec calme et patience, imperturbablement. Au fur et à mesure je les raye sur mon papier.

La question la plus importante est celle-ci :

— Dora, dis-moi tout de suite ce que je suis susceptible d'apprendre à ton sujet.

— Olivier, tais-toi.

— Je veux savoir, dis-le-moi.

— Je t'en prie Olivier, tais-toi.

Elle m'a répondu fermement, mais avec une tendresse, une émotion dans la voix que je ne puis manquer de remarquer, elle m'a répondu comme à regrets. Je comprends qu'elle ne peut pas m'éclairer tout de suite, je comprends pourtant d'ores et déjà qu'elle parlera à un moment donné et que je saurai ce qu'elle me tait.

Je la sens souffrir plus que moi, je n'insiste pas. Nous convenons d'un prochain appel pour le lendemain et je lui demande de m'écrire. Elle s'engage à le faire dans la journée, bien qu'en général ce soit pour elle une corvée.

Chapitre X

Ma journée de travail n'a pas été trop pénible, mais j'éprouve pourtant le besoin de me dégourdir un peu les jambes. Le soleil est encore haut dans le ciel, aussi décidé-je d'aller faire une partie de tennis. Je me mets très vite en tenue et je cours au club voisin, tout proche de mon hôtel, où malheureusement il n'y a pas un seul court disponible. Qu'à cela ne tienne, je vais me défouler en faisant une grande partie de solitaire au mur. Pendant près d'une heure je frappe la balle avec ma raquette, méthodiquement, opiniâtrement. J'évite de me baisser pour ramasser la balle lorsqu'elle m'échappe. Je la ramène alors dans ma main gauche en la coinçant entre mon pied et ma raquette, comme les joueurs expérimentés. Au bout d'un moment, j'ai chaud, je transpire même mais je me sens en pleine forme, mon souffle revient progressivement.

Le mur n'est-il pas le meilleur des partenaires, infatigable, infaillible? Lui, ne trompe jamais. Tandis que je frappe la balle mon esprit erre, c'est vraiment un moment de détente unique. Pourtant, il revient toujours à Dora, inlassablement.

La balle vient de m'échapper et pour une fois, dérogeant à la règle que je m'étais fixée, je la ramasse avec la main. Brusquement je m'arrête de jouer, je considère cette balle avec une attention intense, je la palpe, je la fais rouler entre mes doigts. Tout à coup, je deviens extrêmement distrait, mais qu'est-ce que la distraction ? N'est-ce pas un excès d'attention ?

Comme le commissaire Bourrel dans les Cinq Dernières Minutes, je m'écrie : Bon sang ! et j'accompagne cette exclamation d'un grand coup de raquette à la balle qui va s'écraser sur le mur en face et revient vers moi avec une force égale, à « epsilon » près, mais je la laisse tomber à terre sans la rattraper, car je viens de faire une découverte. Dora est enceinte, parbleu, il ne fallait pas être grand clerc pour le deviner. C'était donc cela qui la préoccupait tant, c'est à cela qu'elle faisait allusion souvent :

— Olivier, si tu apprends quelque chose à mon sujet, que je t'avais caché, tu ne m'en voudras pas, tu ne seras pas trop malheureux, dis, tu ne seras pas trop déçu ?

Je la sentais tracassée et je ne saisissais pas exactement pourquoi. Et puis, l'autre jour quand je lui ai posé la main sur le ventre, j'étais sur le point de lui dire :

— Ton petit ventre est un peu trop rond.

Mais je me suis tu parce que cette remarque ne m'a paru ni indispensable ni aimable. J'ai craint de l'importuner. Et pourtant, il n'y avait pas de doute, j'aurais du comprendre tout de suite.

Dès demain matin je l'appellerai au téléphone et je lui en parlerai.

Le lendemain, avant de partir à mon travail, comme convenu, je l'appelle. Je l'obtiens au bout du fil presque tout de suite. Comme toujours, notre conversation est délicieuse, mais pathétique en même temps. Délicieuse pour moi, du moins, parce qu'elle me permet d'atteindre les sommets du bonheur (je ne puis être encore certain de ce que pense Dora, mais tout me porte à croire qu'elle atteint la même dose de joie en me parlant). Affligeante aussi parce que ce bonheur ne peut être qu'éphémère ! Nous ne pouvons passer toute la journée pendus au bout du fil, malheureusement !

— Bonjour Olivier.

— Bonjour Dora, comment vas-tu ?

— Très bien et toi ?

— Je m'ennuie sans toi.

— Moi aussi, le temps me paraît horriblement long, encore onze jours à t'attendre.

J'essaie de la tranquilliser :

— Tu verras, ça passera très vite, prends patience ma chérie.

— Hier au soir, je me suis encore disputée avec Miguel. Il est impossible en ce moment.

— À quel sujet ?

— C'est encore à propos de ma mère. Elle nous a invités à déjeuner pour jeudi, il ne veut pas aller dans ma famille, il ne l'aime pas.

— Ma pauvre chérie, quelle patience il te faut ! Dora, dis-moi quelque chose de gentil !

— Olivier, je t'aime, je t'aimerai toujours.

— Moi aussi, ma poupée, tu n'imagines pas à quel point je t'aime. Dora, je veux te dire quelque chose.

— Tu veux me dire que tu m'aimes ?, dit-elle en guise de gaminerie.

— Oui, mais il y a autre chose, je crois que j'ai deviné ce que tu ne voulais pas m'avouer.

— Olivier, tais-toi, je t'en prie.

— Bien, je ne dirai plus un mot à ce sujet.

Je la sens à bout de nerfs, elle me dit :

— Attends.

Pendant quelques instants notre conversation est interrompue, Dora est obligée de passer des communications urgentes, puis elle revient. De peur de la perdre, je crie :

— Allô, c'est toi ?

— Excuse-moi, mon chéri, toutes les lampes s'allument en même temps, il faut que je te quitte, on me demande de tous côtés, tout le monde réclame.

— Appelle-moi demain sans faute.

— Oui c'est promis, au revoir mon amour.

— Au revoir ma chérie, je t'embrasse tendrement, à demain.

Un silence suit, elle est toujours au bout du fil.

— Raccroche, ma chérie.

— Non, raccroche, toi, je n'ai pas le courage de te quitter, je t'en prie, raccroche.

— Tu y tiens vraiment, tu préfères que ce soit moi ?

— Oui.

Sa réponse est positive, impérative, sincère, elle sort du cœur.

Alors je lui obéis, je raccroche le premier, sachant que le lendemain je l'entendrai de nouveau.

Le soir même, en rentrant de mon travail un peu avant dix-huit heures, je suis assailli par une envie intolérable de la rappeler, mais je résiste un moment, puis j'hésite.

Je me demande si au même moment, elle n'a pas la même envie, ce qu'elle me confirmera par la suite. Finalement, le temps passe, il est plus de dix-huit heures, c'est trop tard, Dora est certainement déjà partie pour rentrer chez elle. Miguel est peut-être venu la chercher. Je renonce à l'appeler.

Quelque peu marqué par mon entretien téléphonique du matin avec Dora et par mon envie insatisfaite de correspondre avec elle ce soir, je n'ai vraiment pas le moral.

Le repas à peine terminé, je monte dans ma chambre et je me change. Je ne sais pas encore pourquoi, mais ce que je sais c'est que j'éprouve vraiment le besoin de me détendre.

À peine sorti de l'hôtel, je suis saisi par l'humidité et le froid relatif, mais cela ne fait rien, c'est excellent pour me donner un peu de tonus.

J'arrive à la porte du dancing unique de cette petite ville de province et, là, je constate avec désappointement qu'il n'abrite aucun client, ou plus exactement, qu'il est hanté par un unique couple venu là pour passer la soirée et pour qui il ne semble y avoir aucun problème.

Je reste planté devant l'entrée du night-club, rêveur et désabusé, n'attendant plus rien que le moment d'aller me coucher bien sagement, persuadé que je ne verrai apparaître aucune nymphe susceptible de me distraire et j'ai bien raison, car la suite des événements me le prouvera. Je regarde passer quelques personnes, couples ou isolés, qui ne retiennent pas mon attention dans les circonstances présentes. Puis, tout à coup, à côté de moi il y a Maguy. C'est une petite bonne femme, tout à fait quelconque, pas jolie du tout, ses cheveux sont bouclés, son visage est ingrat. De taille moyenne mais à classer plutôt dans les petites, Maguy n'est pas mal fichue, malheureusement elle n'est pas d'une distinction particulièrement relevée.

Pourquoi Maguy est-elle là ? Parce qu'elle avait très envie de danser, mais ses copains, eux, avaient très sommeil, parce qu'ils étaient déjà sortis la veille et s'étaient couchés tard. Alors, elle n'a pas osé leur dire qu'elle partait pour le dancing toute seule. Maguy est sortie chercher fortune. Elle est aussi déçue que moi, elle aime danser, elle est venue pour cela. Le contact ne s'établit pas entre nous, nous sommes tellement différents. Manifestement, il ne paraît pas y avoir moyen ce soir-là de satisfaire ce penchant somme toute assez légitime et bien inoffensif.

Le corps d'une femme, c'est le plus souvent attirant. Mais après tout, dans la rue, ce n'est pas ce qui saute aux yeux en premier lieu. Le visage d'une femme, ses yeux surtout, c'est un signal, comme un phare en mer. Or il se trouve que le visage de Maguy ne m'accroche pas. Ses yeux sont intelligents, mais petits, assez rapprochés, masqués en partie par une paire de lunettes démodées et des sourcils incultes et indisciplinés. Je crois aussi que je ne suis pas son type, j'ai l'air trop sévère. Elle, c'est une marrante, elle chahute et rigole tout le temps. Quand elle en raconte une bien bonne, elle vous bouscule un tantinet en vous poussant en arrière, pour bien marquer le côté humoristique de la situation.

C'est une très brave fille, pleine de bonté, de cœur, de gentillesse, je m'en apercevrai dans les jours suivants, en la connaissant mieux. Bon gré, mal gré, je vais la rencontrer maintenant tous les jours ou presque jusqu'à mon départ, au hasard de mes pérégrinations. Elle aura été un épisode au cours de mon séjour.

Pour ce soir, nous échangeons quelques mots, puis nous nous séparons très vite. Je lui dis :

— Bonne nuit.

D'une voix gouailleuse, elle me répond :

— À la revoyure.

Le lendemain matin, comme promis, j'appelle Dora. L'attente est de courte durée, une minute à peine après mon appel, le garçon d'hôtel me dit :

— On vous demande.

Nos appels se sont croisés. C'est elle. Je fais immédiatement annuler mon propre appel.

Sans doute n'a-t-elle pu attendre, disposant d'un temps mort en début de matinée, elle a pris l'initiative. Pour moi, elle est toujours aussi enjôleuse, mon émotion ne faiblit pas. Mais je la devine très tendue, lasse et découragée. Elle n'a pas encore répondu ouvertement à ma question :

— Dora, tu attends un bébé ?

D'ailleurs, le matin elle n'a jamais beaucoup d'entrain. Sans doute est-elle mal réveillée ? Comme pour beaucoup de gens, le démarrage est lent et difficile. Elle ne prend vraiment son rythme habituel, vif, enjoué et passionné, qu'en cours de journée, stimulée par les contacts avec l'entourage de travail et l'accélération obligatoire des cadences. L'esprit enfiévré, peut-être, par toute cette agitation inévitable et irréversible de la vie moderne.

Le lendemain est un jour férié. À la pensée de ne pouvoir communiquer pendant un jour entier, nous frémissons tous les deux. Il est alors convenu qu'elle me rappellera elle-même. Nous parlementons un moment pour savoir qui appellera et à quelle heure, pour ne pas nous manquer. Finalement, elle me dit :

— Ce soir je t'appellerai, moi, et demain matin si je peux, en faisant mes courses, d'un poste quelconque, je t'appellerai.

Décidément, Dora est sans restrictions, sans réticence aucune, elle joue son va-tout avec tout son cœur, toute sa sincérité. C'est du moins ce que je pense, ce que je crois fermement. À ce moment-là elle porte dans son sein un petit enfant de Miguel, mais moralement je crois qu'elle m'appartient. Plus tard, elle évoluera insensiblement, au jour le jour, au fil des événements, sans une volonté délibérée. Mais, je ne me doute pas encore de ce glissement ultérieur inéluctable.

C'est fou de constater à quel point les conditions matérielles de la vie quotidienne et le hasard peuvent avoir de l'influence sur notre comportement, nos décisions et nos actes dans le domaine purement affectif, sentimental ou moral.

N'est-ce pas le hasard qui met en présence, le plus souvent, deux êtres qui pourront s'aimer ou se détester par la suite ? Le cours de la vie n'est-il pas étroitement dépendant des méandres capricieux de l'existence quotidienne ?

Combien de situations se modifient, combien de ménages se font et se défont par le seul fait d'une rencontre inopinée ou, tout simplement, de la mise en présence plus ou moins longue, plus ou moins répétée, de deux êtres qui auparavant ne s'étaient jamais vus !

Chapitre XI

Le matin, lors de notre entretien téléphonique, Dora m'avait dit :

« Ce soir, je t'appellerai, moi. »

Comme promis, elle m'appela en fin d'après-midi. Elle était complètement démontée. Des sanglots dans la voix, elle me dit :

— Oui, j'attends un bébé, je suis enceinte, je ne voulais pas te le dire parce que j'avais peur de détruire notre amour. J'avais peur que tu me repousses, que tu ne veuilles plus de moi.

Je lui parle avec l'intention de la calmer, je demeure sincère :

— Je t'en prie ma chérie, calme-toi, j'aurais préféré que tu me le dises tout de suite, mais je t'aime de toute manière.

— Olivier, tu n'imagines pas comme je suis malheureuse, je ne voulais pas cet enfant, il est un obstacle entre nous. J'ai espéré de toutes mes forces qu'il ne viendrait pas, mais maintenant c'est trop tard, je n'y peux plus rien. Je t'en prie, Olivier reviens, je n'en peux plus, reviens, je suis trop malheureuse.

Dora a l'accent de la sincérité. Elle me paraît très déprimée, mais encore une fois je résiste. C'est la voix de la raison qui va prévaloir. Je suis en déplacement pour une dizaine de jours et je n'ai pas encore accompli la moitié de ma mission. Il me paraît tout à fait hasardeux de tout planter là et de revenir pour répondre à son appel sans risquer de compromettre sérieusement mes objectifs professionnels. C'est encore l'aspect matériel des choses qui prend impitoyablement le dessus. Je m'entends répondre, comme un automate, déjà un peu honteux de moi-même :

— Mais ma chérie, c'est mal d'avoir refusé cet enfant. C'est au contraire un heureux événement, tu dois le prendre ainsi. Tu vas donner la vie à un petit être que tu aimeras par-dessus tout. Calme-toi, je t'en prie. D'ici une semaine je serai de retour, tu verras, ce ne sera pas long, tu en seras toi-même surprise.

Je parviens à faire cesser ses plaintes et ses pleurs :

— Puisque tu le dis, finit-elle par me dire, c'est certainement vrai, au revoir mon amour.

Le long jour férié qui suivra sera coupé heureusement par un appel de Dora. L'accès de son bureau lui étant interdit ce jour-là, elle est allée au poste téléphonique le plus proche de là et m'a appelé vers onze heures. Depuis la veille, elle paraît très nettement rassérénée. Sa voix est plus posée, plus fraîche, elle est heureuse de me retrouver, de me parler dans le calme et l'intimité d'une cabine, sans courir le risque d'être interrompue à tout bout de champ.

Aujourd'hui, Dora est beaucoup plus gaie et alerte que la veille. Libérée des interventions intempestives sur le réseau, elle prendra son temps pour me parler, pour me dire des paroles tendres. Elle s'amusera même un peu de la situation, du fait qu'elle a pris près de deux heures de son temps, du temps en principe réservé à son ménage, pour venir me parler un jour férié à son gré et quel que soit le caractère assez inattendu de notre dialogue.

Dora m'annonce qu'elle va profiter de son temps libre pour aller visiter mon quartier, parce qu'elle cherche un appartement. D'ores et déjà, il faut penser à la chambre supplémentaire qui sera nécessaire pour accueillir l'enfant à venir. Cette pensée de visiter mon quartier l'amuse aussi, mais il ne lui plaira pas du tout, elle le trouvera inhospitalier et très laid, préférant de beaucoup le sien qu'elle connaît, malgré ses inconvénients.

Nous nous séparons sur la promesse de nous rappeler les jours suivants.

Je reçois enfin la première lettre de Dora en réponse à la mienne. Aux miennes devrais-je dire, je lui écris quelques lignes au moins, pratiquement tous les jours depuis mon départ.

Sa lettre m'a été remise en mains propres. Elle me procure une joie infinie et me cause une intense émotion, je n'ose l'ouvrir, mon cœur se met à bondir. Je la décachette enfin avec précaution, à l'aide d'un coupe-papier, pour ne pas l'abîmer, et je lis :

« Olivier Chéri,

« Comme promis, ces quelques mots. Tu verras par toi-même que je ne suis pas très douée pour écrire. Ton absence est interminable, il me semble que tu es parti depuis plusieurs mois. Pourtant, nous avons l'habitude de la séparation, toi au siège social, moi à la succursale. Mais quand tu es à ton poste, je te sens plus près et j'ai l'espoir de te voir arriver en fin de semaine. Pardonne-moi de t'avoir caché la vérité. C'était pour

moi une façon de sauvegarder notre amour. Myriam m'a apporté ta lettre dès dix heures mais je n'ai pu la lire tout de suite. Tes paroles m'ont profondément touchée, j'ai eu les larmes aux yeux, je ne sais si c'est de joie ou de tristesse. Mais ne suis-je pas un peu égoïste ? Seule, ton épouse qui t'aime et que tu délaisses un peu aurait le droit de pleurer.

« Dans ta lettre, tu me dis : "Heureusement que nous avons été assez raisonnables pour ne pas partir tous les deux". Tu te trompes, ce n'est pas moi qui ai été raisonnable, mais toi, car moi je serais venue si tu me l'avais demandé. Remarque, je suis une femme sans scrupule, car la seule qui ait le droit d'être à tes côtés, c'est elle.

« De la fenêtre, je vois des amoureux qui s'embrassent, je les envie de pouvoir le faire aussi librement, sans se cacher et sans souffrir.

« Tu me demandes si je dors bien, eh bien, non ! Les nuits sont trop longues, je n'ai qu'une hâte, que le jour se lève pour pouvoir venir à mon travail et te téléphoner.

« Par moment, j'ai l'impression de perdre la raison, car je sens bien que notre amour est sans issue. Mais ce qui importe, Olivier chéri, c'est que je t'aime.

« Dora. »

Cette lettre m'apaise un peu, elle m'apporte joie et bonheur. Pendant quelques heures je vais rêver en la relisant, y penser, y repenser, en extraire de mémoire quelques passages. Mais cet apaisement ne durera pas et ne tardera pas à faire place à l'anxiété, à une impression de manque, de vide, au besoin de revoir Dora, de recevoir d'elle un appel téléphonique, ou encore d'avoir une seconde lettre d'elle, voire une troisième ou une quatrième, et ainsi de suite.

Mon séjour, maintenant, va traîner en longueur. Bien que très proche, la date de mon retour va me paraître affreusement lointaine.

Le temps s'est gâté depuis hier. La pluie s'est installée, le ciel est gris, il fait froid. Les personnes que je côtoie ou que je rencontre me paraissent maussades, sans intérêt.

Je passe devant le dancing. De là, je perçois les flonflons de l'orchestre. Je m'arrête devant l'entrée, sans conviction, en curieux. J'aperçois Maguy installée au milieu de la pièce devant une consommation placée sur une petite table ronde, en compagnie d'une dame âgée fort sympathique, sans doute très jeune de caractère. Elles paraissent toutes deux s'ennuyer copieusement, surtout Maguy qui brûle d'envie de danser, alors que personne ne daigne l'inviter.

La dame, en revanche, paraît avoir un certain succès, dans une tranche d'âge harmonieusement déterminée, il faut bien l'avouer. Quant à Maguy, pour la minute elle n'a pas d'amateurs. Nos regards se croisent. Je m'ennuie à mourir et surtout, je souffre, je souffre d'être seul, d'être loin des miens, loin de Dora, loin de toute affection, délaissé, loin de toute présence féminine.

La dame âgée, malgré son aspect enjoué, son apparence moderne et son air intelligent, ne m'inspire pas du tout. Maguy se dresse et me fait signe d'entrer à grand renfort de gestes impératifs. L'occasion fait le larron, cette sacrée Maguy ne me laissera pas repartir comme je suis venu. Elle m'encourage. Mon manque d'enthousiasme et mes réticences sont vaincus, je mets un pied devant l'autre, j'avance et je me trouve très vite attablé moi aussi, entre les deux dames, devant la table ronde. Le garçon ne tardera pas à venir et j'ai très vite, devant moi, une troisième consommation.

L'orchestre est excellent, les mélodies modernes échevelées n'y ont pas cours. Ce sont au contraire les chansons de mon époque qui y défilent. Sur le rythme des tangos, des slows ou des blues, j'entraîne Maguy dans les plaisirs de la danse. Elle est légère comme une plume et elle s'en tire remarquablement, on sent qu'elle a du métier. Je ne la regarde pas, Dieu soit loué, sinon le charme serait rompu. D'ailleurs, elle est beaucoup plus petite que moi et son visage arrive à la hauteur de mes épaules. Je finis par éprouver un très grand plaisir à la tenir dans mes bras, à la faire tournoyer sur la piste.

De soir en soir, maintenant, les jours qui suivent, les rares jours qui restent avant mon départ, trois ou quatre à peine, nous allons ainsi nous rencontrer et parfois sortir ensemble, au cinéma ou au dancing. Dans la journée, parfois, nous nous rencontrerons et nous deviserons gentiment. Les confidences ne tarderont pas à venir sur nos lèvres. Un soir, dans la voiture, aimablement assis l'un à côté de l'autre, avant d'aller nous coucher (chacun chez soi), nous en arriverons à nous raconter notre vie, chacun à notre façon, à nous donner des conseils réciproques pour améliorer nos vies familiales respectives. J'ai mes problèmes, Maguy a les siens. Elle souffre, si j'ai bien compris, de la rudesse et de l'égoïsme de son mari. Pour une Maguy, ces défauts ne sont pas très originaux, plus ou moins tous les hommes sont égoïstes. Mais elle, elle paraît être une très brave fille, ayant du bons sens et beaucoup de cœur.

Un soir, nous allons ensemble voir jouer le film de Jean Yanne “Nous ne vieillirons pas ensemble”. J’en sors absolument bouleversé, car je pense à Dora. Ce film me fait toucher du doigt à quel point la pérennité de l’amour paraît impossible entre une très jeune femme et un homme d’âge mûr.

Dans l’immédiat, je me refuse à admettre cette pensée et dès le lendemain, dans une lettre dithyrambique, je vais commenter à Dora l’histoire de ce couple heureux d’abord, puis malheureux ensuite, en la comparant à la nôtre, tout en me défendant de nous assimiler aux deux personnages très différents de nous. Je m’ingénie à faire apparaître ces différences, pour me persuader que notre sort ne peut être le même. Mais au fond de moi-même il y a déjà une amertume indélébile, il y a la certitude inavouée, mais réelle et insidieuse, de l’échec obligatoire, à plus ou moins longue échéance, entre Dora et moi.

Le dernier soir avant mon départ, nous nous retrouvons, Maguy et moi, à l’auberge espagnole, celle où l’on trouve ce que l’on y apporte. Cette auberge devait s’appeler La Cueva ou quelque chose d’approchant. Nous avons déjà dîné fort heureusement. Le garçon s’approche, il faut commander : ce sera une sangria pour chacun d’entre nous.

Nous sommes installés dans une petite salle voûtée à laquelle on accède en descendant deux marches d’escalier. Un couple sympathique, mais irrégulier comme la plupart des couples ce soir-là en ce lieu ad hoc, s’installe à la même table que nous, en vis-à-vis. Cette situation ne nous gêne absolument pas, c’est une question d’ambiance. Grâce à un haut-parleur bien camouflé au niveau supérieur de la pièce, nous percevons les flonflons de la musique douce de notre époque et nous dansons, nous dansons, nous dansons. D'abord avec énergie, conscience et componction, puis la fatigue aidant, avec un peu plus de laisser-aller.

Parmi tous ces couples, il y a des danseurs mondains, chevronnés, dont j'admire la maestria, le naturel et la technicité. Il y a, entre autres, un officier en vacances, un peu grassouillet, mais encore bel homme, que je n'oserais qualifier de professionnel puisque c'est un amateur en ce domaine. En tout cas, il paraît être passé maître dans l'art de la séduction à ce niveau. Avec ma timidité proverbiale, je fais piètre figure à côté de ce genre de Casanova.

La sangria a fait son effet, la danse aussi, je sens Maguy s'amollir entre mes bras et bien qu'elle soit loin d'être une beauté fatale, je commence à éprouver un immense plaisir au rythme des bostons et des paso doble. Mais, très rapidement, je vais ressentir la fatigue, cette soirée me paraît sans but, sans issue. Je pense à Dora malgré moi et je ne puis m'empêcher d'en parler avec Maguy qui se montre très complaisante en me témoignant, en femme avisée, tout l'intérêt qu'elle porte à ma petite complice.

Nous dansons encore trois ou quatre fois, je commence à parler de départ. Il est à peine onze heures du soir, mais le sommeil me gagne et le matin de bonne heure les levers sont toujours pénibles. Maguy ne me contrariera pas, elle n'est un obstacle en rien, elle fera ce que je voudrai, si toutefois je veux quelque chose.

Pour la minute, je veux rentrer et je le lui dis. Cinq minutes après nous nous retrouvons sur la route, roulant lentement dans la nuit noire en rase campagne. Le faisceau énergique de mes phares paraît être le seul signe de vie dans cette obscurité profonde, mis à part Maguy et moi.

Quelques instants plus tard, ma voiture se trouve arrêtée au croisement de deux chemins ruraux, en pleine nature, dans un endroit désert où l'on a peu de chances de rencontrer âme qui vive. Le lendemain matin, je dois repartir, j'ai sommeil, je suis fatigué. Pourquoi me suis-je donc arrêté ? Je ne sais. C'est une force intérieure qui m'a guidé. Peut-être suis-je simplement un peu échauffé par la sangria, Maguy aussi, d'ailleurs.

Je n'ai aucun enthousiasme, pourtant elle est près de moi, elle se serre contre moi. Sans réfléchir, je la prends dans mes bras et je l'embrasse tout doucement. Nos lèvres se joignent et dans cette obscurité profonde, j'ai la douce et agréable surprise d'apprécier la saveur de ses baisers. Ses lèvres sont agréablement tièdes, extraordinairement fines, souples comme la soie. Malgré la discrétion des miennes, Maguy se pâme déjà, elle se trouble et fond quasiment dans mes bras.

Je l'entends chuchoter :

— Olivier, Olivier, et dans un souffle elle ajoute : baisez-moi.

Je crois avoir mal entendu, j'interroge, mais elle ne se rétracte pas.

Le lendemain matin, au moment du départ, lorsque je place mes valises dans la malle arrière de ma voiture,

Maguy est dans les parages. Elle se cache à moitié derrière le tronc d'un marronnier, elle fait peine à voir, mais elle est là, présente pour me dire adieu, la gorge serrée par l'émotion, avec toute la sincérité, la gentillesse et la simplicité, la vérité dont elle est capable.

Avant de quitter l'hôtel, je relève le dernier courrier et là je trouve la seconde lettre de Dora. Après avoir quitté la ville, je m'arrête spécialement pour la lire. J'ai hâte de savoir ce qu'elle contient. Puis je fais quelques courses dans le magasin le plus proche, car j'ai l'intention de déjeuner au bord de la route. Cette seconde lettre, je vais la lire et la relire plusieurs fois dans la journée. Elle est extrêmement pessimiste. Dora me fait part de son impatience et de son énervement en raison de mon absence qui, pour elle, se prolonge beaucoup trop. Son rythme de travail ne lui laisse en outre aucun répit et sa situation « intéressante » n'est pas faite pour lui donner bon moral. Elle se défend encore d'avoir voulu me taire sa grossesse, d'avoir voulu profiter de cette situation pour mettre un terme à notre relation.

Au contraire, elle ne cesse de me déclarer son amour et de me le confirmer sous toutes les formes les plus diverses qui lui viennent à l'esprit.

Et elle ajoute :

— Je suis heureuse de penser que tu ne ressens ni ne manifestes aucune rancœur ni envers moi, ni envers personne d'autre…

Chapître XII

Sur le chemin du retour, je tourne et retourne dans ma tête les paroles de Dora. J'ai l'impression que nous sommes très engagés l'un envers l'autre. Tous ces entretiens téléphoniques que nous avons eus au cours de mon éloignement nous ont permis sans doute de mieux nous exprimer, de mieux nous connaître.

Mon souhait le plus cher, c'est évidemment d'avoir Dora pleinement à moi. Je n'ai qu'une hâte : pouvoir la retrouver, la revoir et la serrer dans mes bras, sans contrainte.

Plusieurs fois j'ai essayé de le lui dire, de lui en parler. Je suis enfin arrivé à me faire comprendre, je n'ai pas eu à parlementer. Elle n'a paru ni surprise, ni réticente, mais elle ne s'est pas prononcée. Elle est restée très naturelle, tout à fait elle-même comme toujours. Elle n'a dit ni oui, ni non. Elle m'aime très certainement et à ses yeux il n'y a pas d'obstacles entre nous. J'ai cru comprendre :

— Oui, peut-être, si c'est possible.

Dès mon retour, je voudrais la retrouver libre, entièrement disponible et pleinement à moi. Mais oui, voilà le problème, où puis-je lui donner rendez-vous pour que notre rencontre soit possible ? D'abord pourra-t-elle se dégager de ses liens professionnels ? Pourra-t-elle se faire remplacer par une collègue et surtout, acceptera-t-elle le risque de s'absenter sans alibi ?

Malgré tout, je tiens à mon idée, je n'ai pas le choix, aussi ai-je osé lors de nos entretiens lui faire une proposition assez hardie mais réaliste :

— Dora, si tu peux, tu viendras me retrouver à mon hôtel où je t'attendrai. Là nous prendrons le petit déjeuner ensemble.

Elle a émis à peine quelques objections, insistant surtout sur la difficulté de se dégager, sur l'incertitude et les aléas de l'entreprise, mais elle n'a pas dit non.

Tout en réfléchissant à l'éventualité de cette rencontre possible qui me plonge dans une sorte d'inquiétude à la fois délicieuse et cruelle, je continue à rouler, rouler, comme un forcené. Mon avance est telle que je me rapproche de plus en plus du terme de mon périple. Je n'en suis plus qu'à deux cents kilomètres environ.

Sur l'autoroute j'ai foncé comme un damné. Lorsque les oliviers peuplent mon horizon, je profite d'une halte assez confortable pour régénérer mes cellules nerveuses avec un bon café. Du moins c'est ce que je crois. Mais, surtout, pour appeler Dora une dernière fois avant mon retour.

Le soleil est brûlant, ma voiture atteint une température de braise. Je ne puis la toucher, elle fume, non, de nos jours les voitures ne fument plus, sinon très rarement. Mais alors c'est très grave. La lumière est si violente que tout est pâle. Au dessus du goudron de l'autoroute à cent mètres environ, l'air flamboie, danse et tremble. Les grands espaces de verdure ont cédé la place aux palettes ternes des maquis méditerranéens et au béton neutre coupé seulement par quelques couleurs publicitaires vives et sans pitié.

Je me trouve sur une aire de stationnement de l'autoroute. J'ai bu successivement deux cafés. Déjà, je ne transpire plus par tous les pores. Ce moment, je le vis intensément. Je demande ma communication téléphonique et dans l'attente, mon cœur s'emballe :

— Allô, dis-je.

Je ne reconnais pas la voix de Dora. Je suis déçu, c'est madame Suzini qui me répond :

— Puis-je parler à Dora?

— Oui, attendez, je vais la chercher.

Madame Suzini ne pose pas de questions, elle est empressée, coopérative, efficace, complice peut-être.

— Allô, c'est la petite voix douce de Dora, où es-tu mon chéri?

— Je suis à deux cents kilomètres, je pense arriver ce soir.

— Attends.

J'attends quelques instants. Dora est partie sur un autre poste pour pouvoir me parler sans témoin.

Sa voix tremble, son timbre est aigu. Ses paroles sont pleines de tendresse et d'anxiété, elle a hâte de me revoir, elle ne peut plus attendre. Ces quelques heures qui nous séparent encore lui paraissent un monde, un obstacle infranchissable et plein d'espoir à la fois.

Je lui rappelle notre rendez-vous du lendemain matin à l'hôtel. Elle me laisse un peu d'espoir, mais je ne me fais guère d'illusions, je n'ose y croire. L'essentiel est de nous retrouver.

J'arrive enfin dans ma ville natale, la ville où j'ai tous les miens. Françoise, mes enfants, mes frères et sœurs, tous ceux qui donnent un sens à ma vie depuis un demi-siècle, tous ceux qui forment la substance de ma pauvre vie en tant qu'homme théoriquement sociable.

J'arrive dans cette ville comme un voleur ou un interdit de séjour. Je me cache, je rase les murs, je camoufle ma voiture aussi bien que je peux.

J'emporte subrepticement mes bagages à l'hôtel où j'ai élu domicile, où je viens incognito, donnant une fausse adresse pour ne pas passer pour un farfelu couchant à l'hôtel dans sa propre ville.

Au moment où je garais ma voiture, j'ai aperçu un collègue de bureau puis mon notaire. J'espère qu'ils ne feront pas mention de notre rencontre.

Le lendemain matin, la sonnerie du téléphone me réveille brutalement à six heures suivant la consigne donnée la veille au concierge de l'hôtel. Je suis fatigué, mal réveillé. Je mets un long moment avant de reprendre mes esprits. Dora n'est pas tout de suite présente au niveau de mes petites cellules grises, puis, brusquement je commence à penser à elle et je réalise ce que je fais dans cet hôtel.

Pour la minute, je fais ma toilette rapidement, je déjeune et ensuite j'attends, je guette tous les bruits, les pas dans les couloirs, le va-et-vient de l'ascenseur. Je vais rester une bonne heure comme cela à attendre, en rêvant, les émotions alternant avec les moments de découragement et les pointes d'espoir. Lorsque l'heure sera largement passée, j'appelle Dora.

J'arrive à la joindre presque tout de suite et, dans ma joie de l'entendre à nouveau de tout près, c'est tout juste si je lui demande la raison de notre rendez-vous manqué.

Son père est venu l'accompagner en voiture à son travail et dans ces conditions, elle n'a pu venir ensuite me rejoindre... Dora tient toujours parole, sauf lorsqu'elle ne peut faire autrement, il faut lui rendre cette justice.

Nous sommes heureux cependant, de nous retrouver, même par téléphone, aussi près l'un de l'autre. Tout de suite nous convenons de nous retrouver le soir même, après le travail, dans un lieu pas trop fréquenté.

À partir de cet instant, nous entrons, Dora et moi, dans une phase nouvelle. Combien de temps va-t-elle durer? Quelle tournure prendra-t-elle? Notre amour va-t-il s'affirmer, se préciser, ira-t-il vers une solution concrète ou en se diluant?

Pour l'instant, nous allons nous contenter de rencontres assez espacées comme aux premiers moments de notre vie sentimentale, puis les choses vont aller en s'accélérant. Je vais devenir plus anxieux, plus impatient, beaucoup trop sans doute, alors que Dora se montre toujours prête à me témoigner son amour, indépendante et libre comme l'air, n'ayant peur de rien et n'en faisant qu'à sa tête.

Nous entrons donc dans une longue période d'amours assez timides, plutôt platoniques, mais sincères et ardentes, paralysés souvent par de nombreuses hésitations et de graves scrupules. Nos rencontres qui vont en se multipliant trouvent des formes d'expressions variées et nos lieux de rendez-vous se renouvellent par périodes successives selon les nécessités ou les contraintes du moment. Les amoureux savent très bien s'adapter aux circonstances. Lorsqu'on essaie de les séparer, ou si des difficultés matérielles s'interposent, ils trouvent toujours de nouvelles astuces pour se retrouver dans les conditions les plus favorables pour eux.

Le lendemain soir de mon retour, Dora doit venir me retrouver après son travail, au lieu de rendez-vous que nous avons choisi d'un commun accord. C'est un endroit à peu près désert où j'ai pu garer ma voiture. Je n'ai pas la patience d'attendre à l'intérieur de mon véhicule. Dehors, je fais les cent pas, fébrilement. Je sais qu'elle viendra, mais je n'ai pas encore une confiance totale. Je ne sais pas encore qu'elle est régulière comme une horloge. Et puis, il peut y avoir un imprévu. Elle n'a que cinq minutes de retard. Je la vois arriver de loin, vêtue d'une robe bleu clair, légère, extrêmement courte. Elle avance gracieusement, d'un pas souple, très naturelle, un petit sourire aux lèvres, à peine retenu, une lueur romantique dans son regard de bohémienne.

À cet instant, je me sens heureux, je me trouve gâté, je n'arrive pas à croire à ma chance. Chaque fois que je la verrai ainsi à nos rendez-vous multiples, répétés dans l'avenir, je me régalerai à la regarder venir, je la dévorerai du regard, attentif aux moindres détails de son maintien, à l'expression de son visage, au langage de ses yeux. Chaque fois, j'éprouverai la même joie, le même bonheur, un peu de fierté aussi. Oui, « l'amour a des raisons que la raison ne connaît pas. »

Nos retrouvailles sont ardentes, merveilleuses, idylliques. Les baisers de Dora sont toujours aussi frais, sincères, mais, entiers à cent pour cent, sans restriction.

Lorsque sa bouche prend mes lèvres, je la sens entièrement à moi, décidée pleinement à m'aimer. Les baisers de cette sorte, elle me les donnera chaque fois que je la verrai, que ce soit lors d'une brève rencontre non concertée, ou que ce soit à l'occasion d'un rendez-vous décidé à l'avance.

Très occupés à nous retrouver ce soir-là, nous ne prendrons même pas le temps, ou très peu, de reparler de notre rendez-vous manqué. Nous avions craint à un moment donné que sa grossesse nous sépare, mais ce ne fut pas un sujet de mésentente.

Avant de nous séparer, nous prenons un rendez-vous pour le lendemain matin, dans son quartier, à proximité immédiate d'un petit bois de pins.

Avant notre rencontre du lendemain il y aura un intermède. Chacun de notre côté nous allons nous retrouver plongés dans nos vies familiales respectives. Moi, je vais avoir la joie de retrouver Françoise que j'ai délaissée depuis une dizaine de jours.

Dora, elle, encore jeune mariée et surtout, depuis peu jeune future maman à la grande joie et pour le plus grand orgueil de Miguel, va retrouver ce dernier comme tous les soirs. Mais chacun sait que les jours se suivent et ne se ressemblent pas. Ce soir-là, Miguel sera un peu plus tendre, ou un peu plus persuasif. Ce sera une soirée faste et Dora « appartiendra » à Miguel.

Ce mot, il est d'elle. C'est elle qui l'emploiera quelquefois. Certains jours, nous nous retrouvons comme à l'accoutumée dans l'un ou l'autre de nos lieux de rendez-vous de prédilection. À peine arrivée, elle s'installe dans la voiture et me dit rapidement bonjour en m'embrassant légèrement sur la joue ou sur le coin des lèvres, comme si j'étais son mari. Cette première phase de notre approche est assez rituelle, son « bonjour » est léger, sympathique et enjoué. Il est naturel, c'est presque une formalité.

Puis, je me serre un peu contre elle. D'habitude, je lui dis :

— Tu permets ?

Mais sans attendre la réponse, je me déplace de quelques centimètres et déjà je la serre dans mes bras. En général elle sourit, car elle sait bien que je n'attends pas de réponse et que d'avance je connais sa pensée.

Pourtant, certains jours, je la sens réticente. Ses baisers sont plus réservés que d'habitude.

Je m'inquiète, je me trouble, je questionne : — Dora, que se passe-t-il ? Qu'y a-t-il ? Que s'est-il passé ? Je t'aime, embrasse-moi ma chérie.

Malgré mes questions et mes supplications, elle reste tendue, ses lèvres restent à moitié fermées. En insistant un peu tout de même, avec patience et persévérance, avec persuasion, j'arrive à obtenir un long baiser qu'elle ne me refusera plus et qu'elle paraîtra apprécier pleinement. Quant aux explications, j'en serai pour mes frais, je n'obtiendrai qu'une seule réponse de sa part :

— Je ne te répondrai pas.

Et c'est exact, j'aurais beau insister, questionner, vitupérer, tempêter, rien n'y fera. Lorsqu'elle a décidé de se taire, c'est pire que la loi du silence dans le milieu. Si elle a décidé de ne pas répondre, inutile de perdre son temps, elle ne répondra pas.

À un autre moment, quelques jours plus tard, la réponse viendra alors que je n'y croyais plus.

Ainsi, dans quelques jours je vais reformuler ma question :

— Dora, avant-hier matin, pourquoi ne voulais-tu pas m'embrasser ?

— Tu veux le savoir ?

— Oui

Je me doute déjà de la réponse, j'insiste pour l'obtenir et j'entends ceci :

— Oui, tu veux le savoir, c'est parce que la veille j'avais "appartenu" à mon mari.

Sans le savoir, c'est en fait ce qui nous est arrivé à tous les deux la veille de ce rendez-vous en bordure de la voie ferrée. Dora avait « appartenu » à Miguel, elle me le dira plus tard. Quant à moi, j'avais eu la joie de retrouver Françoise.

Oui, ce jour-là nous ne sommes pas très brillants ni l'un ni l'autre. D'abord nous sommes à moitié fous parce que nous avons pris rendez-vous au beau milieu du quartier où habitent Dora et Miguel, où tout le monde les connaît. Ma voiture étant arrêtée au fond de l'impasse, juste en dessous de l'autoroute. Nous sommes serrés l'un contre l'autre. Notre amour est encore récent, donc inconscient, aussi jouons-nous le jeu correctement, sincèrement, spontanément et sans contrainte, malgré les circonstances défavorables.

Conscients de cette inopportunité, nous nous déplaçons à l'autre bout de la ville et là, tout à coup, nous trouvons la route barrée par un passage à niveau. Un train passe en faisant un bruit infernal, assourdissant. Ce bruit est discret d'abord, puis il croît très vite pour atteindre son intensité maximale.

Instinctivement, nous levons les yeux Dora et moi, nous regardons passer le train, sans desserrer notre étreinte.

La succession rapide des wagons avec leurs fenêtres ouvertes ou fermées, l'acier brillant et les vitres où se réfléchissent cruellement les rayons solaires, donnent l'impression d'un mauvais court métrage qui blesse nos yeux et nous donne le vertige.

Ce matin-là, nos baisers sont tendres, mais plus serrés, ils ne s'abandonnent pas. Nous convenons d'un autre et de plusieurs autres éventuels rendez-vous. Pourtant, Dora n'aime pas prévoir trop à l'avance.

Chapitre XIII

Déjà nos habitudes s'installent. Il nous paraît naturel de nous retrouver souvent, le plus souvent possible, de nous voir et nous revoir indéfiniment, autant que nous pourrons. Nous n'envisageons pas pour la minute, que la vie puisse se dérouler autrement. Nous revoir nous paraît essentiel, vital. Sans cela vivre nous paraîtrait impossible, nous nous sentirions frappés d'asphyxie.

Dora est pleine de délicatesse, elle s'inquiète de ma réputation beaucoup plus que de la sienne. Je parais sérieux, je suis travailleur, ponctuel, estimé de mes collègues et de mes supérieurs. Pour Dora, cela paraît très important. Elle ne veut pas que je m'expose à perdre l'estime dont je bénéficie, tant de la part de mes amis que sur le plan professionnel. Comme tous les amoureux, nous avons des ruses de Sioux pour nous cacher, mais cela ne trompe personne. Les faux airs que nous prenons, les gens n'en sont pas dupes. Dora, elle, arrive encore assez facilement à prendre l'air indifférent, moi je ne suis pas très doué pour ce genre d'exercice. Il paraît que je la dévore des yeux et les gens s'en aperçoivent.

Malgré nos rendez-vous relativement fréquents quand je viens à la succursale, nous restons très scrupuleux. Nous avons envie l'un de l'autre, mais Dora pense à l'avenir immédiat, au moment très proche où elle va s'arrondir. Elle est déjà enceinte de combien, je ne le sais pas exactement. Elle n'a pas voulu me le dire et cela malgré mon insistance, je ne parviendrai pas à le savoir.

Il y a seulement quelques semaines à peine que nous nous fréquentons, mais c'est en fait une relation que les circonstances n'arrangent pas et qui ne cesse de durer. Puis, un jour, le tournant se présente sans crier gare. La situation ne peut pas s'éterniser. Dora attend un bébé. Cela va commencer à se voir, c'est irréversible. Cette situation, déjà assez équivoque en soi, le devient donc de plus en plus. Je me sentais mal à l'aise dès le début, mais à présent cela devient intenable.

Chaque jour nous décidons ensemble de la rupture, mais le jour même et encore le lendemain nous continuons à nous embrasser.

Dora sait que dans ma passion il ne peut manquer d'y avoir un petit côté charnel et elle-même, malgré les circonstances, voudrait bien se donner à moi. Tout me le laisse penser et c'est ce que je crois.

À force d'en parler à mots couverts, à force de tirer des plans sur la comète, à force d'hésiter, d'attendre et de ne rien faire, cette idée chemine tout de même dans nos esprits. Mon insistance se fait chaque jour, non pas agressive - ce n'est pas dans mes habitudes - et, bien que toujours hésitante, de plus en plus persuasive.

Dora m'a dit :

— Oui.

Elle a obtenu l'autorisation de sortir un moment l'après-midi sous un prétexte quelconque, une heure ou deux, peut-être. Sa course faite - elle la fera -, elle sera disponible, un moment…

J'ai donc loué une chambre dans un hôtel en pleine ville, où elle me retrouvera à l'heure dite.

Quant à moi, impossible de trouver une place de parking dans le centre. J'enrage. Obligé d'aller à l'autre bout de la ville. Dans ma précipitation, je serre beaucoup trop ma voiture avec laquelle je caresse profondément une restanque en pierres sèches. Ce sera une belle estafilade à mon actif.

Je suis à près de deux kilomètres de l'hôtel où Dora doit déjà m'attendre. Le temps va nous manquer. Je me mets à courir, de façon anarchique sans doute, car mon genou vient heurter un pare-chocs de voiture. Sous le coup j'aperçois trente six chandelles. Ma course est suspendue, mais très vite je reprends le dessus et en boitillant, toute mon énergie rassemblée, le souffle court, je parviens au lieu du rendez-vous.

Dora est assise dans le hall, elle m'attend, imperturbable. Nous montons dans notre chambre.

Après toutes ces péripéties et ces émotions, il n'est pas question de renoncer. Dora, prestement, se déshabille entièrement. Nue, elle est encore plus belle que je ne l'aurais pensé. Mais sa nudité, sa simplicité, son naturel au sens propre et au sens figuré ne sont pas de nature à me mettre dans les conditions les plus favorables du moment.

Tout en étant heureux d'être là, j'ai un profond sentiment d'angoisse, d'inquiétude aussi et de culpabilité. Dora a très peur que sa sortie ne soit découverte. Elle parle tout le temps de revenir à son travail. Nos étreintes sont maladroites. Pendant que je m'approche, elle prend le téléphone et appelle la collègue qui la remplace à son poste. Pour le moment tout va bien, il y a beaucoup d'appels extérieurs, mais personne ne l'a demandée.

Un peu rassurée, Dora m'attire contre elle et me dit :

— Fais comme avec ta femme.

Cette invitation naïve, si l'on peut dire, n'est pas faite pour me donner toute l'agressivité voulue.

Nos étreintes, un grand moment, sont passionnées, mais restent encore bien imparfaites.

Comme l'Homme pressé de Paul Morand, cœur battant trop fort, souffle haletant, j'ai été particulièrement inefficace. Il ne s'est rien passé.

Dora souriante, sans acrimonie, me dit en recoiffant ses longs cheveux, encore déshabillée :

— Chéri, je t'adore, mais nous avons manqué une belle occasion.

Quoi qu'il en soit, les genêts sont en pleine floraison et l'on sent que le printemps va bientôt faire place à l'été.

Quelques jours plus tard, le patron m'appelle et me dit :

— Olivier, je vous envoie faire un séminaire d'une semaine, vous avez besoin de vous recycler. À l'ère atomique, on ne peut se contenter de ce que l'on sait. Le progrès va plus vite que nous. Si notre maison ne se modernise pas rapidement, si nos méthodes de gestion demeurent en marge du management et de l'informatisation, nous courons à la catastrophe, à l'asphyxie.

— Bien, monsieur le directeur.

C'est ma réponse et pourtant, je ne suis pas enchanté, mais je ne tiens pas à engager une discussion avec le patron.

Je suis navré de partir aussi longtemps. Pendant une longue semaine, je ne pourrai voir Dora, puisque je vais être pratiquement cloîtré.

La veille de mon départ, c'est un dimanche, je décide de lui écrire avec l'espoir de lui remettre ma lettre lors de notre prochaine rencontre, peut-être le lendemain, il me paraît imprudent de l'expédier par la poste.

Dans cette lettre, j'exprime tout au long ma souffrance, ma déconvenue, de plus en plus persuadé que notre amour ne pourrait survivre, qu'il serait tué dans l'œuf. Ne pouvant nier, ne pouvant gommer la réalité de nos deux existences diamétralement opposées, ne pouvant ignorer que cet amour serait bientôt asphyxié par la vie.

Je l'assure toutefois de toute ma tendresse mêlée de tristesse, mais aussi d'espoir envers et contre tout.

Quelques jours plus tôt, j'ai eu l'occasion de rencontrer le père et la mère de Dora, accompagnés de quelques-uns de leurs enfants. Dora m'a présenté à eux en disant :

— Voilà mon grand chef.

Nous avons tous souri et durant quelques instants, nous avons eu une conversation assez plate, sans aucun intérêt mais en tout cas cordiale et sincère, du moins en ce qui me concerne. Nous sommes seuls Dora et moi dans la confidence. Pour les siens, je suis un bonhomme parmi d'autres, ni plus ni moins intéressant. Je leur ai évidemment fait l'éloge de Dora, affirmant qu'elle est une employée modèle, efficace et ponctuelle, en un mot : une fille épatante.

Je crois que je leur ai paru sympathique. En partant, son père lui a dit :

— Tu ne crois pas qu'il est un peu amoureux de toi ? Il te regarde avec des yeux de “chèvrefeuille”.

Dora a pris très naturellement l'air indifférent. Elle a souri sans répondre.

Cet homme est simple, il a sans doute voulu dire que je regarde Dora avec des yeux de merlan frit et que devant elle, j'ai l'air d'un agneau bêlant.

Chapitre XIV

Le lundi matin, avant de partir pour prendre part à mon séminaire à environ une heure de route, j'ai la chance de voir Dora et de lui remettre ma lettre. Elle est venue ponctuellement à notre rendez-vous.

Toute la journée je m'efforce de me concentrer sur les différents exposés dispensés par le maître de stage. Puis, après sept à huit heures d'attention et de travail, j'éprouve l'impérieux besoin d'écrire à Dora. Je monte dans ma chambre aussitôt après le repas du soir en compagnie des autres séminaristes et je prends ma plume :

« Dora,

« Il est onze heures du soir, on vient de nous libérer. Nous avons travaillé toute la journée sur des problèmes théoriques, à un rythme accéléré. J'ai un moment de découragement, je regrette d'être embarqué dans cette galère.

« Nous venons de terminer nos exercices. Voilà ce dont il s'agit, puisque tu veux le savoir :

« Les moniteurs nous communiquent des documents très volumineux (comptes et bilans, statuts, etc.) concernant une entreprise privée : usine de fabrication de matériel électrique ou électronique par exemple. Il faut lire et étudier tous ces papiers par petits groupes simulant des entreprises concurrentes, puis on joue à gérer l'affaire comme si on était les patrons, trimestre par trimestre. Chaque trimestre, on prend un certain nombre de décisions. Nous les envoyons à l'ordinateur le plus proche et quelques heures après ou le lendemain, nous recevons les résultats de notre gestion. C'est une espèce de jeu qu'on appelle "simulgame". Ainsi, on apprend à prendre toutes sortes de décisions opératoires, structurelles ou stratégiques. Excuse-moi, ma chérie, pour tous ces mots barbares.

« Le monastère où je suis en ce moment est en plein cœur du village. C'est un immense bâtiment en vieilles pierres, avec un cloître et un parc ombragé, de très grandes salles où l'on peut se réunir, des chambres individuelles aménagées avec douche, un vaste réfectoire, et de grands meubles rustiques. Le cadre est donc très beau, sympathique, chaud, accueillant et sécurisant, mais ce qu'on y fait, à notre époque, est beaucoup moins attachant. Maintenant, les participants se connaissent mieux et l'ambiance devient plus chaleureuse.

« Voilà, mais, cela dit, mon but ce soir en reprenant la plume, était surtout de t'exprimer mon amour, même avec des phrases rasoir et des termes prétentieux. Oui, mon dessein était surtout de te redire des mots d'amour, de te souhaiter bonne nuit, meilleure nuit, de te serrer fort dans mes bras par la pensée et de t'embrasser doucement de tout mon cœur. Ma poupée chérie, bonne nuit.

« Olivier. »

Le troisième jour, en passant au réfectoire pour déjeuner, j'ai la joie de trouver à ma place une lettre posée entre l'assiette et le verre. Je reconnais immédiatement l'écriture de Dora. Mes doigts tremblent en décachetant cette lettre, mon cœur bat plus vite. Je m'isole un moment pour apprécier pleinement mon allégresse.

Par cette missive, Dora me fait part de sa peine de me savoir aussi loin d'elle. Un peu plus optimiste, elle note toutefois que, pour elle l'ombre au tableau, « c'est de penser que nous nous aimons mais que malheureusement, notre amour est sans issue ». Puis « qu'aux yeux de tout le monde, notre passion est incroyable et le sera toujours, car nous vivons dans une société égoïste et pleine de préjugés ».

Le quatrième jour, je reçois une deuxième lettre, celle-là encore moins optimiste que la précédente. Mon état d'âme fâcheux se reflète peut-être déjà sur celui de Dora. Au téléphone, le premier jour, j'avais été particulièrement triste, maussade, enfant gâté, laissant envahir ma vie d'une grisaille profonde et impénétrable. À peine avions-nous raccroché que Dora avait repris la plume.

La veille au soir, envahi par le cafard j'avais brusquement pris une décision, comme cela m'arrive quelquefois. Au lieu de rester au monastère pour y réviser mes cours, j'avais repris la route et j'avais passé la soirée et la nuit chez moi. Françoise m'avait appelé par téléphone et j'avais compris qu'elle voulait me voir. J'avais moi-même un grand besoin de lui parler et d'aborder une fois encore un certain nombre de questions toujours en suspens entre nous.

Françoise tenait un atelier de couture de mode, qu'elle avait créé elle-même et auquel elle tenait beaucoup. Un peu pour cette raison, un peu parce que nous avions des enfants encore relativement jeunes (ils allaient encore à l'école), Françoise ne m'avait pas rejoint au siège de la société, préférant résider dans une grande ville où, d'ailleurs, il faut bien le reconnaître, une clientèle fidèle et abondante lui était assurée.

Nos enfants étaient évidemment un sujet de préoccupations non négligeables et j'avais assez mauvaise conscience à cet égard. Mes absences chroniques n'étaient pas faites pour arranger les choses.

Comme toujours, la conversation avait tourné en discussion, puis en dispute. La nuit avait été mouvementée. Sur le plan des idées, nous n'avions abouti à aucun résultat. Nous nous étions enfin réconciliés, et j'avais repris la route le matin au lever du jour.

Dès réception de la deuxième lettre de Dora, je monte dans ma chambre et de mon côté je lui en écris encore une qui n'apporte rien de neuf, mais relate une récente péripétie :

« Dans ta dernière lettre, il y avait un de tes plus longs cheveux choisi par toi. Il faisait au moins soixante centimètres. Lorsque j'ai tenté de le retirer de l'enveloppe, sans trop me faire remarquer, il était tellement capricieux que mon voisin de table m'a jeté un regard - qu'il a essayé de dissimuler - à la fois inquiet et horrifié. Je l'ai bien vu. Ce cheveu m'a fait un immense plaisir »...

Le dernier jour, je reçois enfin une troisième lettre dont nous avions déjà parlé au cours de nos nombreuses communications téléphoniques. À ce sujet, mes collègues ne se privent pas de me railler copieusement :

— Mon pauvre ami, vous passez une bonne partie de votre vie pendu à un fil, dit ironiquement l'un d'entre eux.

Dans sa dernière lettre, Dora change un peu de ton.

On y retrouve les quelques passages suivants, assez symptomatiques :

« …J'ai l'impression que tu souffres énormément des ennuis que te cause ta nouvelle situation, c'est-à-dire la nôtre… »

« Mon chéri, je ne veux pas être responsable de la destruction de ton foyer. Si tu jurais que tu feras tout pour le sauvegarder, je m'effacerais à tout jamais. »

« Ta femme découvre en toi un autre homme. S'apercevant que tu la délaisses, elle tente l'impossible pour te garder, par exemple sacrifier son métier, donc son indépendance, pour vivre constamment avec toi… », etc.

Je suis très remué par cette lettre. Dora est-elle en train de me lâcher? Non, je n'arrive pas à le croire. D'ailleurs, elle n'a pas l'air très sûre d'elle. Elle a essayé de faire un effort, un bon mouvement, dans un but louable, mais tient-elle vraiment à notre séparation? Cette pensée me rassure et j'ai encore le courage de remonter dans ma chambre. Je tiens à mettre la dernière main à cette longue lettre commencée depuis quatre jours, composée morceau par morceau, au rythme de nos échanges téléphoniques, et que je vais lui remettre dès mon retour.

Nous devons nous revoir le lendemain. En fait, je ne sais pas très bien ce que je pense et ce que je vais lui dire. J'ai l'impression qu'elle tient à moi et ce que je ressens le plus clairement, c'est la force irrésistible qui m'attire vers elle et mon désir farouche, incontrôlé et irraisonné de la tenir dans mes bras.

D'ailleurs elle-même, par son post-scriptum fait la preuve de ses hésitations en écrivant :

« Olivier, tout ce que je t'ai dit dans les deux précédentes lettres est faux », biffant ce dernier mot et mettant à la place « vrai. »

La vérité ? La question ne sera pas tranchée, car je devais être presque totalement privé de Dora durant deux semaines. Le lundi suivant, elle ne peut reprendre son travail. Miguel vient d'entrer en clinique pour y subir une intervention chirurgicale nécessitant une anesthésie générale et une convalescence de plusieurs jours.

Dora est restée à son chevet durant tout ce temps. Il est curieux de constater comme certaines femmes peuvent rester maternelles dans les coups durs, malgré leur duplicité en d'autres circonstances. Elle me téléphone de temps en temps et même un soir elle me donne rendez-vous à la sortie de la clinique, alors que je viens d'arriver.

Décidément, Dora ne manque pas de soucis. Sa grossesse, sa liaison, son travail, son ménage, son manque d'argent, les zizanies et tirages divers entre les siens, qu'ils soient de sa famille ou de sa belle-famille et enfin, surtout, les problèmes de santé de Miguel.

Chapitre XV

L'été est venu, nos rencontres se poursuivent. Aujourd'hui, j'avais rendez-vous avec Dora tout près de chez elle. Tout simplement sur la grande avenue où j'ai stationné longtemps dans ma voiture, regardant sans arrêt dans le rétroviseur, avec anxiété. J'ai attendu plus d'une heure, très déçu de n'avoir aucun signe de vie de sa part. Il est très rare qu'elle ne soit pas fidèle à ses rendez-vous. Ou alors, si elle le peut, elle avertit d'une manière ou d'une autre. Mais c'est ainsi. Il y avait sans doute des forces occultes contre nous…

En revanche, le soir même, je suis bien inspiré et récompensé en allant vers elle. Je passe tranquillement dans la rue en voiture, sous sa fenêtre et là mon cœur bondit quand je l'aperçois. Elle me fait de grands signes, au début je ne comprends pas. Puis, la lumière se fait. Elle me dit de rentrer au rez-de-chaussée du grand immeuble voisin et de l'y attendre.

Dora arrive tout tranquillement au bout de quelques minutes. Nous prenons l'ascenseur ensemble et montons au sixième étage. Nous nous installons dans les escaliers entre deux étages. Pendant quelques minutes nos étreintes sont merveilleuses. Il fait très chaud. Dora est à peine vêtue d'une robe d'été légère et très courte, à moitié ouverte. Elle s'appuie contre moi, je m'appuie au mur. Je sens son ventre qui s'arrondit toujours.

Lorsque nous entendons du bruit à l'étage inférieur, nous remontons quelques marches. Lorsque l'ascenseur s'arrête au-dessus, nous refluons vers le bas. Ce n'est pas de tout repos, pourtant nous échangeons quelques mots, entrecoupés de baisers :

— Dora, tu es une femme merveilleuse, merci pour ton amour.

— Olivier, reviens demain matin.

— Non chérie, je te trouve fatiguée. Il va falloir que tu te ménages davantage maintenant.

— Mais je vais très bien.

— Je ne voudrais pas que tu souffres à cause de moi, que ce soit moralement ou physiquement.

— Olivier, laisse-moi tranquille.

— Je sais, ma chérie, que tu es très fière et dure au mal, mais ce n'est pas une raison. Je me sens concerné par tout ce qui te touche et puis je t'aime.

Je crains que Dora soit empêchée de venir à notre rendez-vous. Je regrette pourtant le lendemain de ne pas avoir accepté, car le temps me paraît long.

Elle m'a promis de passer dans l'après-midi du lendemain, en voiture avec son mari devant ma fenêtre, à titre de revanche. J'attends près de deux heures, puis impatient et impatienté, je m'en vais m'asseoir à mon bureau pour lui écrire, pensant qu'elle a eu un contretemps et qu'elle ne viendrait pas ou encore, pensant que ma fuite la ferait venir et que j'aurais alors la chance de l'apercevoir en allant à la fenêtre toutes les deux ou trois minutes.

Quoi qu'il en soit, je reprends la plume et écris encore et encore…

Un beau jour, je décide de ne plus écrire à Dora, estimant que toute cette correspondance accumulée dans son sac ou encore dans son propre appartement, sous un tapis, ou une pile de linge, voire sous une poutre de la charpente, est dangereusement de nature à faire découvrir notre amour, peut-être par Miguel lui-même.

Cette résolution ne dure pas bien longtemps. Alors que je suis parti en voyage d'étude pour une semaine, Dora me téléphone chaque matin à l'hôtel et à cette occasion, un matin, se sentant seule sans doute, elle m'a presque supplié de lui écrire. Le soir même, je reprends la plume et entre autres choses j'écris :

« Je comprends ton embarras, étant donné tes engagements matrimoniaux et sans doute aussi, la toile d'araignée que représentent à mes yeux les mille filets de tendresse et de bonté, de complicité peut-être, inévitablement tissés par la nombreuse gent féminine composant ta belle-famille. Malgré tout cela, pour moi, tu es toujours fraîche comme l'eau pure d'une source à sa naissance dans les hautes montagnes. Et pourtant, tu portes en toi la vie d'un être que tu chériras et qui bientôt accaparera tous tes instants. »

Nous nous acheminons ainsi insensiblement au paroxysme de notre période amoureuse, période qu'en général seuls les intéressés trouvent naturelle et qui fait sourire les autres. Les amoureux trouvent toujours leur situation parfaitement justifiée. Les autres, étrangers, spectateurs, trouvent habituellement, tout à fait ridicules les amours de tous ceux qui ne sont pas eux-mêmes.

Malgré cela nos rencontres se multiplient. À cette époque, donc, d'exacerbation — ou tout simplement d'aberration — de nos sentiments, j'ai encore la tentation de lui écrire. Il fait très chaud. Les cigales s'en donnent à cœur joie.

Au cœur de l'exaltation, je suis envoyé à l'étranger pour un petit voyage d'affaires, une semaine à peine. C'est une heureuse diversion, mais quel dommage de ne pas pouvoir profiter pleinement d'une pareille aubaine, dans cet état dépressif abominable et en même temps passionnant, dans lequel je suis plongé !

Dès mon arrivée, je reprends la plume à l'intention de Dora.

À la suite de ce nouveau contretemps, je ne sais plus très bien sur quel pied danser. Je suis au fond très désemparé et en même temps furieux contre moi-même. Je n'ose appeler Dora au téléphone. Une fois encore, je brûle d'envie de lui réécrire, mais cela n'est pas très logique, puisque je devrai obligatoirement la revoir pour lui remettre ma lettre en mains propres. Alors, je me résigne en me réfugiant dans la méditation.

Chapitre XVI

Quelques mois plus tard tout a changé. Les circonstances ne sont plus les mêmes. Dora a mis au monde un petit garçon de sept livres qui a déjà repris du poids. Il se prénomme Manuel. Malgré cet heureux événement, ou peut-être en raison même de ce changement, il semble qu'une évolution lente et sournoise, imperceptible mais implacable, n'ait pas manqué de ternir nos relations.

Ma santé ne s'arrange pas non plus. De nouveau, je suis allé consulter un professeur de la faculté de médecine qui, après m'avoir fait passer toute une série d'examens médicaux les plus variés, mais surtout les plus modernes et les plus onéreux, pas plus concluants les uns que les autres, m'a confirmé qu'il était fort intrigué par mon foie. Prenant une joie non dissimulée à le palper, à l'« accrocher » selon ses propres termes, en me le faisant remarquer à chaque fois, dix, vingt fois de suite. Il a émis plusieurs hypothèses. Il envisage une « P.B.F » à savoir : une ponction biopsie du foie.

Tout ce beau petit discours n'est évidemment pas fait ni pour me rassurer, ni pour me donner un « moral du tonnerre ». Toutefois, il ne s'agit encore que d'une éventualité, mais auparavant, il importe selon les dires de mon brave toubib que je fasse dans les moindres délais une cure dans une station thermale. Une fois bien retapé, à mon retour, on m'examinera de nouveau et s'il y a lieu, on me charcutera. Quel vilain mot. Il ne s'agit en réalité que d'un tout petit trou par lequel on se livre à une exploration en règle, dite « laparoscopie » et l'on vous extrait un tout petit morceau de l'organe considéré, aux fins d'analyse. Je m'empresse évidemment d'oublier très vite, momentanément, cette nouvelle désagréable et je fixe la date de mon départ dans les huit jours.

Ce déplacement m'ennuie beaucoup. Françoise ne pourra malheureusement pas m'accompagner. Pour réduire la durée de mon absence le plus possible, je décide de partir le soir après mon travail et de voyager toute la nuit, pour pouvoir commencer ma cure dès le lendemain matin.

Le soir, au moment de prendre la route, Dora est à mes côtés, aux confins de la ville, dans un petit bois de pins où, parfois, plusieurs couples d'amoureux stationnent avec leur voiture, s'ignorant les uns les autres.

Ce soir-là, il n'y a que nous. La journée a encore été chaude. Le soleil est bas et l'on aperçoit ses rayons dorés, obliques, éclairant les toiles d'araignées dans les branches des pins qui prennent des teintes inattendues en cette fin de journée comme les autres.

Je suis appuyé le dos contre ma voiture, Dora est près de moi, dans mes bras, se reposant franchement sur moi. Je sens tout le poids de son corps. Son souffle très doux est sur mes lèvres, je hume son parfum de fleur sauvage. Nous nous embrassons. Quelques paroles sont échangées entre nous :

— Cela ne t'ennuie pas de partir seul ?, me dit-elle.

Je ne réponds pas. Nous n'avons pas grand-chose à nous dire.

— Veux-tu que je t'écrive ?

— Oui bien sûr.

— Et toi, m'écriras-tu ?

— Je ne crois pas. Peut-être. Tu sais bien à quel point j'ai horreur d'écrire. Écoute, n'y compte pas trop.

C'est le moment de la séparation. C'est très pénible, mais les choses ne sont plus sans doute ce qu'elles étaient. Le temps vient à bout de tout. On fait le vide de soi-même, une grande inspiration suivie d'une expiration profonde et hop là ! on ne pense plus à rien pendant quelques secondes.

Je l'embrasse une dernière fois, doucement, j'entre dans ma voiture et, sans me retourner je démarre, levant la main en signe d'adieu. Une dernière fois avant de la perdre de vue tout à fait, j'aperçois Dora debout devant sa voiture le bras légèrement tendu, me regardant partir.

Une fois arrivé à la station thermale, je m'occupe de mon installation matérielle et de la mise en route de mon traitement médical dans les conditions les plus favorables. Je pense bien à Dora de temps en temps et, à plusieurs reprises, j'ai bien envie de lui écrire ou même de lui téléphoner, mais je ne sais plus très bien sur quel plan seront nos relations futures ni sous quelle forme je vais communiquer avec elle.

Pour venir, j'ai roulé toute la nuit. J'avais hâte d'arriver. Il y avait beaucoup de circulation sur l'autoroute.

J'avais très sommeil. Allais-je m'arrêter ? Non je n'aime pas m'arrêter en route. Arrivé à quatre heures du matin, le gardien de l'hôtel m'a aimablement trouvé une chambre pour le reste de la nuit.

Ici, je vais me retrouver seul, mais au fond je ne déteste pas la solitude, car mes pensées ne sont jamais en repos.

Bien que l'avant-dernier d'une famille dite « nombreuse », un peu mis à l'écart de mes aînés, j'étais souvent seul dans un grand jardin et j'avais parfois pour interlocuteurs les plantes, les arbres, les fleurs, les oiseaux, les insectes…

Je pense à mes premiers pas avec Dora, j'étais alors plein d'attentes et je me dis avec ironie mais aussi avec une certaine amertume qu'elle aussi, Dora, avec son fils, elle avait été pleine d'espérances.

Des mots, des mots, toujours des mots. À quoi servent-ils, si ce n'est à véhiculer la pensée ? En l'occurrence, ils ne servent à rien, puisque je suis en train de me raconter des histoires à moi-même. Ne devrais-je pas dire plutôt : « des maux, des maux, toujours des maux » ?

Pourtant, si l'envers de la médaille est quelque peu sombre, l'endroit n'est pas trop mal. À l'hôtel, je suis très bien logé, bien nourri, dans une ambiance de farniente, décontracté. Beaucoup de gens aisés, insouciants. De très belles voitures, énormes, de tout genre, américaines, allemandes, japonaises, etc. Beaucoup de personnalités, industriels, ambassadeurs…

Des jolies filles, il y en a partout, mais dans le moment je ne vois apparaître aucune beauté à l'horizon, alors qu'il y en aurait peut-être dans une toute petite pension de famille.

Il fait beau. À part quelques orages, le soleil réapparaît et brille sans avarice. Il fait encore chaud, moins que sur la Méditerranée cependant. En raison de l'altitude, quatre cents mètres au-dessus de la mer, les nuits sont fraîches et dès le soir il faut se couvrir.

Je n'entends plus ni les merles, ni les rossignols, ce n'est plus le printemps…

Mon état d'esprit a changé. Bien que toujours très amoureux de Dora, j'ai enfin pris conscience que notre amour ne trouverait jamais de conclusion heureuse. J'ai quelque amertume. Je ne puis m'empêcher de penser que Dora n'a pas fait tout ce qu'il aurait fallu pour que nous puissions nous voir sans contrainte et être heureux ensemble. Ce faisant, ne suis-je pas quelque peu injuste à son égard ?

Et puis ce n'est pas tout. Il y a aussi le ver dans le fruit. Une sorte de gros ver d'apparence humaine, assez séduisant d'ailleurs, qui ne cesse de tourner autour de Dora et de lui faire des avances. Il s'appelle Laurent Figuera, un latin celui-là aussi. Les cheveux longs, très brun, pas très grand, un tantinet rondouillard. Dora lui plaît manifestement et il est très souvent à ses côtés, attendant apparemment le bon moment…

Un peu comme les chats à l'époque des amours, en février mars le plus souvent, qui attendent sans bouger des heures entières, le moment le plus favorable.

Dans ma nouvelle solitude, je ne puis m'empêcher d'y penser, sans être toutefois très inquiet ! Ce n'est pas du harcèlement, aussi pensè-je que Dora saurait garder toute sa dignité.

À l'hôtel, je m'ennuie évidemment, loin d'elle, loin des miens, loin de toute amitié.

Un soir à table, dans la grande salle à manger, j'ai l'heureuse surprise de trouver à côté de moi une charmante jeune femme d'une quarantaine d'années, très féminine.

Nous nous sommes déjà rencontrés dans le hall de l'hôtel où nous avons échangé un signe de tête discret. Aussi le premier contact n'est-il pas trop difficile. Mais la proximité et le temps aidant, la conversation la plus banale qui soit d'abord, s'engage, pour devenir un peu plus animée et personnalisée à la fin du repas.

Au bout de deux ou trois repas ainsi, nous avons épuisé les sujets de conversation portant sur la pluie et le beau temps, la qualité des mets, etc. Nous sommes devenus des amis, déjà un peu complices.

Ma voisine se prénomme Anne-Marie. Trois jours après notre rencontre, elle s'est habituée à moi, à ma présence, mes prévenances. Elle m'a raconté toute sa vie ou presque, du moins tout ce qu'elle a bien voulu m'en dire ou m'avouer.

Un peu sevrée de la présence de son mari, conseiller financier, voyageant beaucoup et se faisant de plus en plus rare à la maison, Anne-Marie paraît avoir trouvé en moi un homme qui s'occupe d'elle et lui témoigne de l'intérêt.

Cela a suffi à déclencher en elle une sorte de processus sentimental ascensionnel favorable à ma solitude et à mon amertume du moment.

Lorsque je lui propose une promenade dans le parc dès le troisième soir, elle accepte tout de suite. Notre promenade ne dure que trois quarts d'heurc. Mais, les soirs suivants, nous sommes allés un peu plus loin en pleine campagne. Les sauterelles jaillissent sous nos pas. Étendus dans l'herbe fraîche, le cri strident des grillons agace nos tympans, un chien aboie au loin sans conviction.

Nous avons beaucoup parlé comme toujours. Puis, nous sommes restés silencieux un grand moment. Le parfum discret d'Anne-Marie se mêle à celui d'un plan de verveine tout proche.

Anne-Marie me dit :

— Vos mains sont merveilleuses.

Je ne réponds pas, mais je suis sous le charme, enivré par ses effluves subtils, la douceur de sa peau. Sans un mot nos lèvres se rejoignent et nos êtres se trouvent comme confondus, nos esprits transportés, dans une sorte de monde irréel.

Le lendemain, nous nous retrouvons à l'hôtel, dans la chambre d'Anne-Marie, plus tôt que d'habitude. Ainsi, durant quelques jours, je connais bibliquement Anne-Marie, femme de quarante ans, avisée, intelligente et désirable.

Chapitre XVII

De retour chez moi, au sein de ma propre famille, j'ai mauvaise conscience, je me sens très mal à l'aise. Comme d'habitude, je suis accueilli par Françoise et mes enfants avec un maximum de gentillesse et de chaleur. Par Françoise surtout, une femme assez exceptionnelle, belle, intelligente, cultivée, tolérante… non pas passive, bien au contraire, parfois même rebelle, faisant éclater sa personnalité rayonnante. Oui, Françoise puisant sa force dans sa foi, son équilibre et la richesse de son altruisme.

Je ne suis pas très fier de moi et je me demande comment j'ai pu l'offenser à ce point… sans, pourtant, qu'elle s'en rende compte concrètement. Bien sûr, elle s'est aperçu depuis plusieurs mois d'un changement radical en moi et elle a sans doute beaucoup souffert, sans en faire état.

Son attitude courageuse et patiente tout au long de cette période m'a certainement aidé, sans que je m'en rende compte sur le moment.

Après les retrouvailles familiales, je reprends mes occupations habituelles au siège social où je trouve une montagne de courrier en retard. Et aussi, une certaine mauvaise humeur de la part de mon directeur qui, ayant assez mal supporté mon absence, me le fait sentir par quelques réflexions bien senties, telles que :

« Alors, vous vous êtes bien reposé ? » « J'espère que vous allez péter le feu, maintenant. » « Le conseil d'administration a dû se réunir sans votre assistance, vous n'avez plus qu'à vous tenir au courant. C'est votre métier après tout… »

En tant que cadre supérieur, j'ai plusieurs chefs de bureau sous mes ordres et l'un d'entre eux est des plus coriaces. Il ne supporte pas ma présence hiérarchique qu'il estime probablement écrasante. Il a donc multiplié les embûches pour me contrer et me faire payer à sa façon la tutelle pourtant bien douce que les circonstances lui imposent, bien involontairement de ma part. Sa tactique essentielle consiste d'une part, à faire de la rétention d'information quand il est nécessaire qu'elle remonte jusqu'à moi et d'autre part, à m'opposer une passivité inébranlable quand j'ai l'audace d'émettre une directive quelconque. Par exemple, il omet de me communiquer le dossier que j'ai demandé pour résoudre une affaire.

Bref, le pauvre homme, au crépuscule de sa vie, perdit un peu la tête, il n'eut pas une fin bien reluisante.

Je me remets au travail avec courage et cela me fait beaucoup de bien. Après toutes les bêtises que j'ai accumulées, après les tentations que je n'ai pas su dominer, les petites avanies que je subis depuis mon retour me remettent un peu de plomb dans la cervelle. J'ai aussi l'influence lénifiante et inaltérable de mes enfants et surtout de Françoise qui a réagi, avec sa nature exceptionnelle, de la seule façon dont elle pouvait le faire. Pour elle, l'amour, les sentiments, un engagement, ne sont pas de vains mots ; ces mots-là ont un sens, une signification.

Malgré cela, je n'arrive pas à me faire à l'idée de me séparer complètement de Dora. Au fond, avant elle j'avais été un homme comblé, mais pourquoi alors, malgré tous ces atouts, pourquoi avais-je craqué et pourquoi voulais-je persister dans cette relation impossible ?

Pourquoi avais-je succombé à la tentation ? Sans doute qu'après vingt cinq années de mariage, vingt cinq années d'une vie de travail, faite d'efforts, rigoureuse, en quelque sorte rectiligne, j'avais éprouvé le besoin d'un grand bol d'oxygène. Peut-être avais-je exagérément privilégié jusque-là ma réussite professionnelle par rapport, ou parallèlement, à ma vie familiale que j'ai peut-être un peu trop considérée comme un bien acquis une fois pour toutes et ne nécessitant plus d'effort particulier pour le conserver.

Il faut reconnaître aussi qu'avec Dora qui, à ce moment-là, avait elle-même un grand besoin de réconfort, la tentation était vraiment trop forte. J'avais eu une jeunesse relativement calme, peut-être trop et, jusqu'à ma rencontre avec elle, une vie conjugale tout à fait exemplaire.

Comment l'homme de cinquante ans que j'étais, sevré d'aventures et de succès de divers ordres jusque-là, aurait-il pu résister à l'enchaînement qui s'est fait jour en lui très soudainement en l'espace de quelques semaines seulement ?

« Errare humanum est, perseverare diabolicum. » Malgré un tel avertissement, malgré tous les bonheurs, malgré toutes les chances que j'ai pu retrouver au sein de ma propre famille, je ne suis toujours pas décidé à tenir à Dora un langage fort, un langage d'adulte, un langage responsable qui nous acheminerait raisonnablement vers une rupture.

Peu après mon retour, je suis revenu à la succursale où j'ai de nouveau pris possession du petit bureau que j'occupe lors de mes fréquents passages.

De là, par la fenêtre qui donne sur une cour plantée de saules pleureurs, je vois toutes les allées et venues des uns et des autres et, entre autres choses, le petit bureau où se tient Dora, avec sa fenêtre et sa porte d'entrée.

Comme d'habitude, je lui téléphone et nous sommes en train de bavarder de choses et d'autres et en particulier des derniers événements ou incidents, en un mot des petits potins survenus dans la boutique depuis mon dernier départ. Notre conversation, malgré la légère tension qui commence à régner entre nous, reste assez enjouée.

Tout à coup, j'aperçois Laurent Figuera qui entre dans le bureau où se trouve Dora, seule. Mon sang ne fait qu'un tour et tout en continuant notre conversation téléphonique, je suis aux aguets.

Je reste à l'appareil, j'entends la porte de son bureau claquer, Dora continue à me parler, un moment, puis brusquement elle s'arrête au milieu d'une phrase et me dit :

— Attends, comme elle faisait auparavant, ne raccroche pas.

Puis, plus rien, je reste au bout du fil, il s'écoule environ une minute au cours de laquelle je n'entends plus aucun bruit, même pas des bribes de conversations.

Dora était assise à son bureau. Prenant tout son temps, Laurent l'a enlacée de ses grands bras et l'a embrassée sur les lèvres avec fougue.

Elle s'est laissée faire et apparemment a même bien profité de ce baiser qui n'était pas un baiser de cinéma.

Je vois Laurent Figuera sortir du bureau.

J'ai presque tout vu et tout compris. Dora reprend très naturellement notre entretien interrompu :

— Allô, tu es toujours là, qu'est-ce que tu me disais tout à l'heure ?

— Dora, tu te fous de moi ?

Et je raccroche.

Pour moi, c'est plus qu'une douche froide, plus que la goutte qui fait déborder le vase, c'est une claque à la fois douloureuse et humiliante. Une claque, c'est un euphémisme. C'est une véritable flagellation. Ma respiration devient difficile, haletante, sifflante. Je fais tout bonnement une crise d'asthme.

Dans la soirée, mon souffle est à peu près rétabli normalement, ma respiration est devenue plus régulière.

J'éprouve une très grande déception, brutale, déchirante. Mais en même temps, phénomène curieux, je ressens petit à petit une sorte d'apaisement, une certaine tranquillité d'esprit, une sensation de bien être qui se diffuse progressivement dans tout mon corps.

En fait, cette idylle tant souhaitée commençait à sonner très faux. Nos relations s'étaient détériorées au fil du temps, au banc d'essai des contingences sociales et affectives. Dora paraissait de plus en plus hésitante et, par moments, je commençais à me demander si elle ne préférerait pas reprendre totalement sa liberté. Quant à moi, finalement déçu, lassé, meurtri, puis « estoqué », et pour cause…, je me surprenais à préférer casser définitivement le précieux jouet que j'avais tant convoité, tant aimé et dont j'avais tant souffert... plutôt que de le perdre sans le concours de ma volonté, surtout aussi bêtement...

Depuis quelque temps déjà, je me disais que mes actes récents, mes trahisons, ne s'accordaient plus ni avec mes pensées, ni avec mes sentiments.

Dans ma tête, j'avais déjà décidé de m'éloigner le plus possible du siège social où je travaillais, ou que ce soit, même outre-mer. Je devais avoir prochainement une promotion assortie d'une mutation dans une grande ville du territoire métropolitain, Lyon ou Bordeaux. Nous en avions parlé, Françoise et moi, et nous étions convenus qu'une telle décision ne pourrait qu'être salutaire pour toute la famille. Surtout pour les enfants qui étaient en plein âge ingrat.

Peu avant l'épisode du baiser clandestin, nous avons pris rendez-vous - comme d'habitude - pour le lendemain. Presque tout de suite après, elle me rappelle, me disant vertement :

— Olivier, tu deviens fou, qu'est-ce qu'il te prend ?

J'ai eu le temps de réfléchir entre temps et dans mon for intérieur je décide de me cramponner et surtout de ne faire aucune allusion à sa complaisance envers Laurent Figuera.

Ne sachant quoi répondre à Dora dans ce contexte, j'essaie à toute allure de trouver une bonne réponse quand on frappe à la porte de mon bureau. C'est précisément un visiteur auquel j'ai donné rendez-vous, en quelque sorte une opportunité qui me tire d'affaire.

J'en profite pour dire à Dora :

— Excuse-moi, j'ai une visite, la personne sera là d'une seconde à l'autre, je ne puis la faire attendre. Nous nous voyons demain comme convenu, nous aurons tout le temps de tirer tout cela au clair. Calme-toi et tâche de bien dormir cette nuit.

xLe lendemain, en sa présence, je ne suis pas encore certain que c'est pour la dernière fois. Je garde le silence sur les raisons de ma colère de la veille. En revanche, je ne trouve rien de mieux que de lui expliquer, à mots couverts, ma récente trahison à son égard, les manifestations de ma duplicité.

— Tu sais Dora, dans mon désarroi, quand j'étais loin, je n'ai pas toujours été très réglo…

— Ah ! Qu'entends-tu par-là ?

Quand je lui mets les points sur les « i » elle ne bronche pas, mais je comprends qu'elle ressent ma révélation insolite comme une vilenie. Je vois passer dans ses yeux un voile d'amertume.

En moi-même, je me dis, plus pour moi que pour elle :

« On récolte toujours ce que l'on a semé. »

Je ne parviens pas à lui en vouloir vraiment et même, intérieurement, je ne puis m'empêcher de rendre hommage à la franchise dont elle a toujours fait preuve… jusque-là.

Je me sens à la fois furieux contre moi, honteux, mais libéré. En même temps, affolé d'avoir définitivement brisé ce rêve, à jamais perdu maintenant.

Ce fut comme un déclic. C'en était fait. Notre grand amour impossible avait vécu. Le temps avait fait son œuvre. Une souffrance sournoise allait me tenailler encore durant quelques mois. Elle, je ne sais pas.

D’ailleurs nous ne savions pas très bien ni l’un ni l’autre que, sans les effacer totalement, le temps finit toujours par banaliser tous les souvenirs, sauf, peut-être, il faut bien le reconnaître « ceux qui nous tiennent lieu de respiration ».

ÉPILOGUE

Dix ans plus tard, je fais des courses en ville dans une grande surface, l'esprit entièrement absorbé, lorsque j'entends vaguement murmurer dans mon dos :

— Olivier, Olivier…

J'hésite à me retourner puis je me trouve face à face avec Dora en compagnie de son jeune fils. Posant légèrement sa main sur mon bras, elle me dit :

— Olivier, c'est toi, quelle bonne surprise !

Manifestement, notre rencontre lui fait le plus grand plaisir. Je suis moi-même quelque peu ému.

Dora n'a pas beaucoup changé, sans doute a-t-elle pris un peu de poids. Ce n'est plus tout à fait la jeune femme au charme magique que j'ai connue. Devenue presque une dame, elle a perdu un peu de son pouvoir fascinant, mais elle est toujours aussi alerte et agréable à regarder.

Elle me demande d'abord des nouvelles de ma famille. Mes enfants ont fait d'excellentes études et ils sont mariés. Je suis déjà grand-père : un petit-fils et une petite-fille, et pas très loin de la retraite.

Françoise, elle, œuvre toujours un peu, avec le même charisme, mais elle se consacre de plus en plus à nos petits-enfants.

Quant au fils de Dora et Miguel, Manuel, c'est un gentil petit garçon au seuil de l'adolescence, très brillant à l'école, paraît-il.

Dora et Miguel travaillent tous deux comme des damnés, Dora dans une agence immobilière, Miguel en qualité de magasinier. Leurs querelles chroniques se sont apaisées de telle manière qu'ils ont réussi à conquérir de haute lutte - avec l'aide du temps - un certain équilibre dans leur existence commune.

À la suite de cette conversation, avant de prendre congé, Dora me dit avec un grand sourire :

— Tu te souviens ?

— Oui. Et tu ne penses pas que nous étions un peu fous ?

Elle répond avec un petit air réprobateur :

— Oh ! Pourquoi tu dis ça ?